EIN FALL FÜR DIE MOUNTEENS

www.boox-verlag.ch

Band 1 **Berge, Ski und falsche Spuren**

Berge, Ski und falsche Spuren

Im Hotel Montana auf der Lärchenalp herrscht bereits am ersten Tag der neuen Skisaison große Unruhe! Jemand hat in der Nacht »Hau ab, Ausländer« an die Fassade gesprayt. Wurde das Hotel bloß zufällig Ziel der Schmiererei oder steckt mehr dahinter? Die MounTeens – Sam, Lena, Matteo und Amélie – schalten sich ein und verfolgen im vorweihnachtlichen Bad Lärchenberg verschiedene heisse Spuren. Ihre Nachforschungen und weitere turbulente Ereignisse legen den Schluss nahe, dass der Hotelier Dirk Beermann, mit allen Mitteln vertrieben werden soll. Gelingt es den vier Freunden, zwischen all den falschen Spuren die richtige Fährte zu finden um den Fall zu lösen?

Band 1 erschienen als:
Taschenbuch und Hardcover, E-Book,
Hörspiel und Unterrichts-/Arbeitsunterlagen

ISBN 978-3-906037-42-4

Band 2 **Die Steinböcke sind los**

Die Steinböcke sind los

Es ist Frühling in Bad Lärchenberg. Die Murmeltiere im Tierpark sind erwacht und genießen die ersten warmen Sonnenstrahlen. Alles wirkt friedlich. Da entdecken die MounTeens Plakate, auf denen die Schließung des kleinen Zoos mit den einheimischen Alpentieren gefordert wird. Was steckt hinter dieser Aktion? Sam, Lena, Matteo und Amélie gehen der Sache auf den Grund. Unerwartete Unterstützung erhalten sie dabei von Dali, dem Polizeihund mit der außergewöhnlich feinen Spürnase. Ihre Nachforschungen sind aber nicht ungefährlich – und plötzlich wird die Situation brenzlig ...

Band 2 erschienen als:
Taschenbuch und Hardcover, E-Book und Hörspiel.

ISBN 978-3-906037-48-6

Band 3 Allzeit fallbereit

Allzeit fallbereit

Die langersehnten Sommerferien sind da! Die MounTeens freuen sich insbesondere auf die neue Sommerrodelbahn. Doch bereits am Eröffnungstag passiert ein Unfall, der einen Strudel von Ereignissen nach sich zieht. Bald stecken die vier Freunde mitten in einem kniffligen Fall rund um den russischen Investor Viktor Makarenko, der alle Hebel in Bewegung zu setzen scheint, um die Bergbahnen von Bad Lärchenberg aufzukaufen. Oder ist alles ganz anders? Zusammen mit einer Pfadfindergruppe, die sich im Sommerlager befindet, beginnen die MounTeens ihre Nachforschungen. Sie alle sind »Allzeit fallbereit«.

Band 3 erschienen als:
Taschenbuch, Hardcover und E-Book

ISBN 978-3-906037-56-1

Band 4 **Alarm am Gletscher**

Alarm am Gletscher!

Die MounTeens erleben aufregende Herbsttage, als der 16-jährige Klimaschützer Leon Tanner für eine große Gletscherkonferenz in Bad Lärchenberg eintrifft. Mit Plakaten machen viele Jugendliche an einer Demonstration auf die globale Erderwärmung und das Abschmelzen der Gletscher aufmerksam. Das gefällt nicht allen. Leon wird in den sozialen Medien beschimpft und auch real bedroht. Nachdem er im Stadtpark tätlich angegriffen wird, treten die MounTeens – zusammen mit Spürhund Dali – in Aktion. Dabei gerät Matteo zuerst als Lockvogel in Schwierigkeiten und erlebt dann, wie bedrohlich das ewige Eis sein kann ...

Band 4 erschienen als:
Taschenbuch, Hardcover und E-Book

ISBN 978-3-906037-64-6

Das neueste Abenteuer

Spuk auf Burg Dohlenfels

»Spukt es auf Burg Dohlenfels?«, fragen sich die MounTeens, denn aus dem verschütteten Verlies der Ruine dringen unheimliche Geräusche. Kurz darauf sorgen in Bad Lärchenberg zwei Einbrüche für Aufregung. Alles dreht sich offenbar um ein lange vermisstes goldenes Kreuz. Entschlossen nehmen die MounTeens die Ermittlungen auf und erhalten dabei Hilfe von Mia, der Nichte des Pfarrers. Welches Geheimnis birgt die Ruine? Und können die MounTeens dem Spuk ein Ende bereiten?

Band 7 erschienen als:
Hardcover und E-Book

ISBN 978-3-906037-89-9

MounTeens (Herbst 2024)

Band 5 **Diebstahl in der Dämmerung**

Diebstahl in der Dämmerung

Der Ski-Weltcup ist zu Gast in Bad Lärchenberg. Die Abfahrt der Männer lässt auch die Herzen der MounTeens höherschlagen. Ist es bloß Zufall, dass ausgerechnet jetzt eine Reihe von Skidiebstählen die Vorfreude trübt? Oder steckt mehr dahinter? Nachdem Amélie erst um ein Haar selbst bestohlen und kurz darauf Opfer eines Angriffs wird, finden sich die MounTeens mitten in einem rätselhaften Fall wieder. Die Ereignisse überstürzen sich, als die Diebstähle plötzlich auch die Skiprofis betreffen und Sam sich auf eine äußerst riskante Verfolgungsjagd begibt ...

Band 5 erschienen als:
Taschenbuch, Hardcover und E-Book

ISBN 978-3-906037-69-1

Band 6 Lauernde Angst

Lauernde Angst

Der Wolf ist da! Und mit ihm die Angst, dass er Menschen und Tieren in Bad Lärchenberg gefährlich werden kann. Sind die Schafe auf den Weiden nicht mehr sicher? Muss man sogar um den Tourismus bangen? Was als faszinierende Begegnung der MounTeens mit einem Wolf beginnt, entwickelt sich deshalb schnell zu einer atemlosen Jagd auf das Raubtier. Als die MounTeens auf eine Spur stoßen, die zu einem alten, längst abgeschlossenen Fall führt, geraten sie plötzlich ins Fadenkreuz des Bösen und werden selbst zu Gejagten.

Band 6 erschienen als:
Hardcover und E-Book

ISBN 978-3-906037-78-3

MounTeens-Detektivweg in Oberstaufen im Allgäu

Am Hündle
Spürnasen und Nachwuchsdetektive aufgepasst! Auf dem Detektivweg erwartet euch ein spannendes Abenteuer beim Wandern im Allgäu. Löst gemeinsam mit den MounTeens den neuen Fall «In der Falle des Wilderers» der Detektivbande – exklusiv in Oberstaufen.

OBERSTAUFEN

© Leo_Schindzielorz

Zweiter MounTeens-Detektivweg

Am Imberg
Die MounTeens erhalten einen anonymen Auftrag: »Findet den Schatz vom Imberg!« Das lockt sie erneut nach Oberstaufen. Ausgestattet mit einer Schatzkarte, begeben sie sich auf die knifflige Suche, wobei sie geheimnisvollen Personen und einem frechen Murmeltier begegnen.

www.oberstaufen.de

WIR
für die Liter(N)atur

Liebe Lesebegeisterte

Unser Verlag wurde 2011 in Urnäsch gegründet. Seit Beginn arbeiten wir für und mit Schweizer Literaturschaffenden. Und weil wir am Fusse der Alpsteinregion beheimatet sind, haben wir eine innige Beziehung zur Natur und Bergwelt. Deshalb spenden wir ein Prozent unserer jährlichen Einnahmen einer Alpenschutzorganisation aus der Schweiz (www.mountainwilderness.ch).

Schau auf unsere Webseite und sieh wie unser Pflänzchen sich entfaltet.

Dein boox-verlag Team

www.boox-verlag.ch

Elio
Superheld

Band 1

FSC
www.fsc.org
MIX
Papier aus verantwortungsvollen Quellen
Paper from responsible sources
FSC® C105338

Beheimatet am Fuße der Alpsteinregion (CH), mit einer innigen Beziehung zur Natur, unterstützt boox-verlag seit Bestehen (2011) jährlich mit 1% seiner Einnahmen eine Schweizer Naturschutzorganisation.

Impressum

Coverbild und Innenillustrationen: Iryna Kaliuzhna
Gestaltung: media-graf
Lektorat: Ingrid Kubitzki
Korrektorat: Beat Zaugg

ISBN 978-3-906037-87-5 (Taschenbuch)
Auch erhältlich als:
ISBN 978-3-906037-88-2 (ebook)

www.boox-verlag.ch

Claudia Joller

Koffer aus Amsterdam

boox-verlag

Inhalt

Wo ist Friedel?

»Wo bleibt Friedel?«, murmelt Mama und schaut in meinen Schrank. »Sie sollte längst hier sein.«

Ich kichere. »Im Schrank ist sie sicher nicht. Aber ich weiß, was passiert ist.« Ich tanze durch mein Zimmer. »Sie ist entführt worden. Sonst wäre sie schon seit vielen Ewigkeiten hier. Friedel ist immer pünktlich, wenn sie nicht entführt ist.«

Mama schüttelt den Kopf. »Nicht im Schrank, natürlich nicht.«

»Mensch, vor deinen Reisen bist du zu nichts zu gebrauchen.« Mama ist eine echte Niederländerin und eine echte Busfahrerin. Darum fährt sie in allen Schulferien nach Amsterdam oder Rotterdam. Und meistens fahre ich mit.

Mama stellt sich auf die Zehenspitzen und wühlt in meinem Sockenfach. Ein Gummibärchen klebt an einer Socke. »Elio, wie sieht es denn hier aus? Süßigkeiten gehören nicht in den Schrank.«

Ich rudere mit den Armen. »Das ist unwichtig ohne Ende. Friedel ist entführt worden! Gemeine Verbrecher haben sie mitgenommen. Sie braucht dringend Hilfe. Und du redest von Gummibär-Matsche an meinen Socken!« Ich löse das Lasso von meinem Bauch und schwinge es durch die Luft. »Der große Elio wird dich retten, Friedel. Nehmt euch in Acht, ihr Räuber!« Das Lasso bleibt am Lampenschirm hängen. Ich ziehe daran, doch es klebt fest wie Spidermans Fäden an Hausfassaden. »Mama, hilf mir. Ich brauche das Lasso, um die Räuber zu fangen.«

»Jaja.« Sie hört gar nicht zu und ordnet meine Unterhosen.

»Ha, vielleicht muss ich zu den Räubern hochklettern!« Ich ziehe mich am Lasso hoch. »Ich bin Spiderman!«

Mama kreischt. »Achtung, die Lampe!«

Ich knalle auf den Boden. Das Lasso und der Lampenschirm landen auf meinem Kopf. Ich brülle los.

»Elio, mein Kleiner! Tut dir etwas weh?« Mama rennt zu mir. »John, hilf mir mal. Elio ist verletzt!«

Papa stürmt ins Zimmer. »Oh, nein, die Lampe. Wie kriegen wir die jemals wieder an die Decke? Das ist immer alles so kompliziert, so viele Kabel und Drähte und Elektrizität. Da braucht man Schraubenzieher und so!«

»Wie kannst du jetzt an so etwas denken?« Mama nimmt mich in die Arme. »Schatz, tut es sehr weh?«

Ich stoße sie weg und lande auf dem Boden. Dann wische ich die Tränen weg und hüpfe auf und ab. »Ich mache das, Papa. Bringst du mir einen Schraubenzieher? Denkst du, dass wir die Kabel aus der Decke ziehen können, damit sie nicht mehr so kompliziert sind?«

Mama schnaubt. »Ich schaffe das nicht alles heute Nachmittag. Morgen geht die Reise los. Ich habe noch nicht gepackt. Elio auch nicht. Wenn er nicht bei Friedel übernachten kann …«

»Gut, dann packe ich mit Elio!« Papa zieht meinen Koffer unter dem Schrank hervor und öffnet ihn.

»Nein, nicht aufmachen!«, kreische ich.

Zu spät. Schokoladenpapiere in allen Farben und Größen quellen aus dem Koffer.

Mama greift sich an den Kopf und rennt aus dem Zimmer.

»Was hast du hier drin?« Papa nimmt ein Papier in die Hand. Es hat ein paar winzige Schokoladenspuren dran und bleibt an seinem kleinen Finger kleben.

Mir kommen wieder die Tränen. »Das ist meine Sammlung! Rühr sie nicht an! Die brauche ich alle, alle, alle!« Erwachsene verstehen das nicht. Die sagen dann so Zeugs wie: Such dir die drei schönsten aus, den Rest werfen wir weg. Dabei sind alle schön, alle.

»Elio, was soll das? Ein Koffer voll mit schmutzigen Schokoladenpapieren!« Er zieht ein Taschentuch aus seiner Hosentasche und wischt sich den Finger ab.

»Die sind nicht schmutzig, sondern schokoladig.«

»Nein, mein Kleiner. Such dir die drei schönsten aus.«

Ich lege mich auf den Koffer. »Lass meine Schätze in Ruhe! Die gehören mir!«

Papa stöhnt und zieht sein Handy hervor. »Friedel wollte um vier Uhr hier sein. Jetzt ist halb fünf. Was machen wir denn jetzt?«

Das ist typisch für meine Eltern. Wenn sie nicht mehr weiterwissen, muss Tante Friedel helfen. Friedel ist nicht wirklich meine Tante, sondern die Schwester meiner toten Oma. Sie wohnt im Haus neben uns. Weil sie keine eigenen Kinder und Enkel hat, darf sie auf mich aufpassen - und Lösungen finden für alles, was meine Eltern nicht lösen können. Friedel ist oft bei uns. Wobei, in letzter Zeit etwas weniger oft. Und sie benimmt sich seltsam. Sie hat zum Beispiel so ein Ding mit ihren Haaren. Früher sah sie aus, wie eine alte Dame eben aussieht: graue Haare, graue Kleider, grauer Blick. Aber im Moment sind ihre Haare orange wie eine Karotte und zu winzigen Löckchen gedreht. Sie malt ihre Lippen pink an und trägt ständig ein lila Hütchen. Ihren Rollator hat sie gegen so Sport-Stöcke eingetauscht.

Papa öffnet seinen Pferdeschwanz und macht ihn neu, sodass er wieder genau gleich aussieht wie vorher. Dann atmet er tief ein und aus. Das kann er, weil er Lehrer ist. Das hat er studiert. Ja, er ist ein richtiger Lehrer und mehr muss man nicht über ihn wissen. Er sieht aus wie ein Lehrer, er redet wie ein Lehrer und eben: Er atmet wie ein Lehrer. Er ist diese lehrerische Mischung aus langweilig und besserwisserisch. Aber immerhin einer der netten Sorte.

Ich schüttle den Kopf. »Versorg den Koffer wieder.« Ich schaue ihm in die Augen. »Liebster, bester, schönster Papa. Ich brauche den Koffer nicht. Ich kann eh nicht mit nach Amsterdam fahren. Friedel braucht meine Hilfe. Ich bleibe in der Schweiz und rette sie.«

Papa schüttelt den Kopf. »Das geht nicht. Ich muss arbeiten.«

Er unterrichtet zwar nicht, aber er korrigiert die ganze Woche lang die Hefte seiner Schüler. Die sind groß und klug und gehen ins Gymnasium. Wie Benedict und Fausto, meine Brüder.

Während der Schulzeit müssen die beiden ständig Hausaufgaben machen. Jetzt sind sie in einem Ferienlager. Immer dürfen sie weg und ich nicht.

Die Reisen mit Mama sind zwar cool, aber ihre Gäste sind Omis und Opis. Tante Friedel ist eine von ihnen. Sie kommt immer mit und passt auf mich auf, wenn Mama Ausflüge mit den anderen Omis und Opis macht. Ich meine, wenn Friedel nicht gerade entführt ist.

Ich öffne die oberste Schublade meines Schreibtisches und wühle in den Spiderman-Bildern. Spiderman ist krass ohne Ende. Ich habe eine Million Bilder von ihm. Wenn ich groß bin, will ich auch Superheld werden. Vielleicht kommt mir eine Idee, wie ich Friedel finden könnte, wenn ich ihn lange genug anschaue.

Papa macht den Koffer zu und schleicht sich damit aus dem Zimmer.

Neben meinen Bildern liegt ein Kärtchen. Gestern ist es aus Friedels Handtasche gefallen und ich habe es zu meiner Sammlung gelegt. Es ist zwar kein Spiderman-Bild und kein Schokoladenpapier, aber mir gefällt die Zeichnung darauf. Ich nehme es in die Hand und betrachte sie. Ein Kamm und eine Schere. Daneben stehen Wörter und Zahlen. Ich kann sie nicht lesen, aber ich vermute, dass es Namen, Adressen und Telefonnummern sind. Ob Friedel Frisörin geworden ist und deshalb nicht kommt?

Das würde die Sache mit ihren Haaren erklären. Aber nein,

dann hätte sie angerufen. Friedel ruft sogar an, wenn sie eine Sekunde zu spät kommt.

»Sie ist von einem Frisör entführt worden«, murmle ich vor mich hin.

Papa legt meinen Koffer auf den Boden und schichtet T-Shirts und kurze Hosen hinein.

Ich stürze mich auf ihn und brülle: »Wo sind meine Schokoladenpapiere?«

Viele Tränen später sitzen wir zusammen in der Küche und essen Butterbrote.

Papa nimmt die Zeitung und fängt an zu lesen.

Mama greift in ihre Gürteltasche. Die trägt sie immer um den Bauch. Darin bewahrt sie alles auf, was man so braucht. Vom Pflaster bis zum Angelhaken. Sie zieht einen Umschlag heraus und legt ihn auf den Tisch. »Hier, mein Kleiner. Ein Geschenk.«

»Ein Handy?«, rufe ich, obwohl es keine so platt in einen Umschlag gequetschten Handys gibt.

»Ach, Elio.« Sie wuselt mir durch die Haare. »Ein Handy geht nicht. Du weisst doch … Erst musst du ein bisschen lesen können. Und auch dann …«

Ich brülle: »Das ist ungerecht! Ich bin elf. Fausto und Benedict hatten mit elf schon seit Jahrhunderten ein Handy. Die dürfen alles und ich darf gar nichts.«

»Elio, beruhige dich. Du weißt, was passiert ist, als du das letzte

Mal eins in die Finger gekriegt hast.« Sie klopft auf den Umschlag. »Mach auf!«

Ich reiße den Brief auf. »Wow, den habe ich noch nicht. Krass, Spiderman fliegt über das Meer. Danke. Schau mal, Papa! Wo kann er da seine Fäden anmachen?« Ich rüttle ihn am Arm. Als er nicht aufschaut, setze ich mich auf den Tisch, auf seine Zeitung.

»Elio, was soll das?«

»Du musst schauen!«

Er greift nach dem Bild. »Stimmt. Toll. Cool.«

»Du hast nicht richtig geschaut. Was ist los mit dir?«

Er streichelt meinen Arm und schiebt mich weg. »Ach, da steht was in der Zeitung.«

»Was steht da?«, frage ich.

Papa sagt: »In Amsterdam hat jemand ganz viel Falschgeld gedruckt.« Er liest weiter. »Und damit auch bezahlt. Pass auf, Viola, wenn du dort bist. Nicht, dass du Falschgeld bekommst.«

Mama zuckt mit den Schultern. »Warum nicht? Mir ist es egal, ob Geld echt oder falsch ist. Hauptsache, ich kann damit bezahlen.« Sie schaut auf die Uhr. »Ich muss unbedingt in die Stadt. Wenn Friedel nicht bald kommt, müssen wir Elio mitnehmen zum Einkaufen.«

»Gleich.« Er liest weiter. »Man vermutet, dass die Verbrecher einen Teil des Geldes ins Ausland bringen wollen, weil die Polizei in den Niederlanden so viele Kontrollen macht.«

Ich springe auf. »Krass. Ich will doch mit nach Amsterdam! Da kann ich echtes Falschgeld sehen. Als ich mein Taschengeld kopiert habe, sah das auch klasse aus.«

Mama schaut wieder auf die Uhr. »Wenn Friedel nur nichts passiert ist.« Sie drückt einen Kuss auf meine Nase und streichelt mir über die Locken. »Wir sollten unbedingt deine Haare schneiden.«

»Mann, Papas Haare sind tausendmal länger als meine. Und er muss nie zum Frisör.«

Mama seufzt. »Keine Ahnung, was ihr an langen Haaren findet.«

Wenn ihre Haare die Ohren berühren, rennt sie schon zum Frisör. Ich bin der einzige Junge auf der Welt, der einen Vater mit langen und eine Mutter mit kurzen Haaren hat.

»Ich will nicht wieder aussehen wie du«, murre ich. Doch plötzlich habe ich eine Idee und ziehe die Karte von Friedels Frisörsalon aus der Hosentasche. »Ich bin einverstanden. Hier will ich Haare schneiden.«

Mama betrachtet mich misstrauisch. »Was ist denn mit dir los? So schnell die Meinung geändert?« Sie schaut die Karte an. »Ich könnte sie zwar selber schneiden. Aber von mir aus. Da kannst du hin, wenn wir aus Amsterdam zurück sind.«

Ich renne in mein Zimmer und hole das Lasso und Spidy, meine Kuschelspinne. »Gar nicht nach den Ferien. Ich will jetzt Haare schneiden! Sofort! Und Friedel befreien!«

Ada mit der riesigen Geige

Auf dem Weg in die Altstadt halte ich Mama und Papa bei den Händen. Es ist die schönste Stadt der Welt, auch wenn das die Leute in Amsterdam und Rotterdam nicht finden. Ab und zu schwingen meine Eltern mich durch die Luft.

Vor den Schildern am Eingang eines Einkaufszentrums bleibe ich stehen. Ich schnappe nach Luft. Auf einem ist die gleiche Zeichnung wie auf Friedels Kärtchen. Ich habe ihren Frisörsalon gefunden.

»Was ist denn, Elio? Komm weiter. Ich will in die Buchhandlung. Ich brauche ein neues Witzbuch.«

Mama und Papa ziehen an meinen Armen.

»Nein! Hier will ich Haare schneiden. Sofort.« Ich zeige auf das Schild. »Ich brauche eine schöne Frisur in Amsterdam.« Ich setze mich auf den Boden. Mama und Papa betteln und ziehen an mir. Doch ich bewege mich kein bisschen.

Da höre ich Musik und drehe mich um. Am Straßenrand sitzt ein Mädchen mit einer riesigen Geige. Die hat sie aber nicht an der Schulter, sondern sie steht am Boden zwischen ihren Beinen. Ich habe das Mädchen schon oft in der Stadt gesehen. Sie ist nicht viel älter als ich. Zwölf vielleicht. Sie trägt eine karierte Jacke und einen Hut. Ihre Verkleidung gefällt mir. Aus einem Rekorder dröhnen Texte. Ich schaue zu Mama und Papa hoch, die die ganze Zeit an mir ziehen. »Das Mädchen ist krass ohne Ende. Findet ihr nicht?«

Mama beantwortet meine Frage nicht, sondern versucht, mich auf die Füße zu bringen. »Elio, du kannst heute nicht zum Frisör. Bestimmt gibt es keine freien Termine mehr. Und ich habe noch so viel zu erledigen. Bitte, komm jetzt.«

»Nein.«

Das Mädchen spielt ein neues Lied. Sie hat ein Schild vor sich aufgestellt. Darauf stehen Wörter. Das letzte ist kurz und fängt mit einem A an. Ein bisschen lesen kann ich nämlich schon, auch wenn Mama das nie sehen will.

Ich höre dem Text zu, der aus dem Rekorder kommt. Er wird mit einer seltsamen Stimme gesprochen. Sie klingt wie unser Anrufbeantworter oder wie das Navi in Papas Auto.

»ICH LEBE IN EINEM PARADIES-TAL. DORT MUSS NIEMAND SPRECHEN KÖNNEN. DORT REDEN WIR OHNE WORTE.«

Das Lied ist zu Ende. Das Mädchen verbeugt sich und ich klatsche. »Mama, was steht auf dem Schild?«

»Danke für die Spende. Ada«, liest Mama und stöhnt. »So geht das nicht mit dem Einkaufen. Komm jetzt.«

»Was ist eine Spende?«

Papa strahlt. Er liebt es, wenn er mir etwas erklären kann. »Das ist Geld, das man jemandem schenkt.«

»Kann das auch Falschgeld sein? Ich könnte mit unserem Kopierer Geld drucken und dem Mädchen ganz viel davon spenden.«

»Elio, was machst du denn hier? Warum sitzt du am Boden?« Finn rennt auf mich zu. Er geht in die gleiche Schule wie ich. Wir sind nämlich eine integrative Schule. Das bedeutet, dass Kinder wie ich und Kinder wie Finn zusammen in eine Klasse gehen. Allerdings kommt er in die dritte und ich in die fünfte. Finn ist sogar für einen Drittklässler klein. Er sieht aus wie Michel aus Lönneberga mit seinen strohfarbigen Haaren, sagt Friedel immer.

In der Schule sind wir manchmal zusammen bei Frau Berger. Ich bin oft bei ihr, wenn die anderen Kinder in meiner Klasse schwieriges Zeug machen. Warum Finn zu ihr kommt, verstehe ich nicht. Er kann lesen. Ich zeige ihm mein neues Spiderman-Bild.

»Wow, das ist cool. Das habe ich noch nicht. Schenkst du es mir?«

Ich schüttle den Kopf.

Da klingelt Papas Handy. Wie immer hat er den Lautsprecher angestellt. Es ist Friedel. Ihre Stimme ist fast so laut wie die Musik des Mädchens.

»John, es tut mir leid. Ich bin noch beim Frisör.«

»Wir sind auch in der Stadt. Wir stehen vor dem Warenhaus bei der Kathedrale.«

Es ist kurz still.

»Echt? Ja, genau in dem Warenhaus bin ich im Frisörsalon.« Friedel kichert. »Sehr gut. Ich komme zu euch.«

Sie legt auf. Kurze Zeit später marschiert sie mit ihren Stöcken durch den Ausgang.

Ich stehe vom Boden auf und renne auf sie zu. Ich schlinge meine Arme um ihren weichen Bauch und drücke sie. »Da bist du ja.«

»Ja, tut mir leid. Das wollte ich nicht.«

Ich lasse sie los und stampfe mit dem Fuß. »Das war richtig blöd von dir. Dabei bist du kein bisschen entführt. Wenn du schon nicht kommst, müsstest du wenigstens entführt sein. Aber du hast mich einfach vergessen. Das ist blöd ohne Ende.«

»Zum Glück ist dir nichts passiert«, sagt Mama zu Friedel.

»Gar nicht Glück«, murmle ich, doch niemand hört mir zu.

Mama drückt mich an sich. »Dann sehen wir uns morgen früh wieder. Deine Übernachtungssachen hast du bei Friedel. Fertig packen für die Reise könnt ihr morgen nach dem Frühstück. Hast du Spidy mitgenommen?«

Ich ziehe meine Kuschelspinne unter dem T-Shirt hervor. »Klar, der ist hier.«

»Und nicht zu lange fernsehen heute Abend«, sagt Papa. »Das ist schlecht für die Gesundheit.«

Friedel nickt. »Wir machen alles wie immer. Oder, Elio?«

Ich nicke. Fernsehen bei Friedel ist cool.

Ich winke Mama und Papa nach und sie verschwinden in der Buchhandlung.

»So«, sagt Friedel. »Jetzt gehen wir mal nach Hause.«

Doch da klingelt ihr Handy. Sie zieht es aus der Tasche. »Ach, Ralph, Süßer. Du bist es.«

Ich spitze meine Ohren. Leider hat Friedel nie den Lautsprecher eingestellt.

»Knut will mit mir reden? Du, ich habe Elio bei mir. Das geht nicht.« Finn reißt die Augen auf und flüstert mir ins Ohr: »Friedel kennt Knut?«

Ich zucke mit den Schultern. »Wieso, wer ist Knut?«

»Der neue Freund meiner Mutter. Ich kann ihn nicht ausstehen.«

Friedel legt auf. Sie tätschelt mir die Wange. »Elio, Süßer. Ich habe etwas bei Ralph vergessen.«

Finn zieht mich am Ärmel.

Erst jetzt entdeckt Friedel ihn. »Ach, da ist ja der süße, kleine Finn.«

Finn schaut sie finster an. Er mag es nicht, wenn man ihn süß oder klein nennt. Und klein *und* süß findet er richtig doof.

»Hallo, Frau Friedel«, sagt er.

»Elio, kannst du kurz mit Finn hier warten? Ralph möchte …« Ihre Wangen werden rosa. »Es dauert nur eine Sekunde. Hört zusammen diesem Mädchen zu. Ja?«

Ich strahle. »Natürlich. Wenn du willst, kannst du mich hier festkleben.«

Friedel streicht mir durch die Haare. Dann macht sie das Gleiche bei Finn. »Gut. Genau hier bleibt ihr stehen.«

Ich klimpere mit den Wimpern und nicke.

Friedel seufzt. »Heiliges Superhelden-Ehrenwort?«

»Yep.«

Friedel verschwindet im Warenhaus. Finn und ich setzen uns auf ein Mäuerchen und hören dem Mädchen zu.

Ein grauer Mann stürmt aus dem Warenhaus auf uns zu. Also, er ist nicht grau. Seine Haut ist so hellbraun-rosa wie meine und seine Locken sind braun. Doch er trägt eine graue Hose und ein graues Jackett. Sogar seine Schuhe sind grau. »Finn, wo steckst du denn?«

Finn rümpft die Nase und flüstert mir zu: »Das ist Knut.« Er steht auf und sagt laut: »Ich komme, Knut.«

Der Typ packt Finns Hand. »Ich habe in ein paar Minuten einen Termin im Frisörsalon. Aber deine Mama hat gesagt, dass ich dich vorher unbedingt zu ihr bringen muss. Sie wartet drüben im Haus.«

Erst dann dreht er den Kopf zu mir und betrachtet mich von unten bis oben. Bei meinem Gesicht bleibt sein Blick stehen. »Bist du der Sohn dieser niederländischen Busfahrerin?«

Ich antworte nicht, sondern starre auf den Boden und stülpe meine Unterlippe über die Oberlippe. Das übe ich oft zu Hause vor dem Spiegel. So sehe ich aus wie ein wütender Superheld.

Knut gackert. »Der kleine Spinner antwortet mir nicht. Schade, jammerschade.« Er zieht Finn mit sich. »Los, los. Dalli, dalli.«

Ich schaue den beiden nach. Warum Finn wohl bei seiner Mama ist? Er wohnt sonst immer bei seinem Papa. Der schreibt

Bücher über Raumschiffe und Marsmenschen. Dabei sieht er gar nicht aus wie jemand, der von früh bis spät rumsitzt und schreibt. Er ist braungebrannt und hat Muskeln wie ein Gewichtheber.

Finns Mutter kenne ich nicht. Hoffentlich ist sie netter als dieser Knut.

»HI, ICH BIN ADA«, erklingt eine Automatenstimme. Eine Hand streckt vor mir in der Luft. Dahinter ist ein karierter Ärmel. Das ist das Mädchen, das Musik macht.

Ich schüttle die Hand. »Hast du mich erschreckt. Bist du ein Roboter?«

Sie lächelt, schüttelt den Kopf und zeigt auf ein Gerät. Sie tippt: »DAS TABLET HILFT MIR BEIM SPRECHEN.«

»Krass, das ist krass ohne Ende und du bist cool. Darf ich mir das Teil einmal anschauen?«

Ada setzt sich neben mich und schiebt es mir auf den Schoss. Ich sehe eine Seite mit verschiedenen Piktogrammen. Die meisten kenne ich. Meine Lehrerin macht meine Pläne immer mit solchen Bildchen.

»Du schreibst nicht mit Buchstaben?«

Sie nimmt das Tablet und drückt eine Taste. Die Piktogramme verschwinden und Buchstaben erscheinen.

»MANCHMAL MIT PIKTOGRAMMEN, DAMIT MACHE ICH DIE SÄTZE, DIE ICH IMMER WIEDER VERWENDE. SONST BRAUCHE ICH BUCHSTABEN«, schreibt sie.

»Schade. Ich hasse Buchstaben.«

Ada drückt wieder eine Taste und die Piktogramme sausen zurück.

»Warum sprichst du damit? Bist du stumm?«

Ada zuckt mit den Schultern und wischt auf ihrem Tablet herum. »BRAUCHST DU HILFE?«

Ich hole die Visitenkarte aus meiner Hosentasche und zeige sie ihr. »Ist das dieser Frisörsalon?« Ich ziehe sie zum Warenhaus.

Sie betrachtet zuerst die Karte, dann das Schild, das dort an der Wand hängt. Und nickt.

»Friedel wollte nur eine Sekunde dorthin. Wie lange warte ich jetzt hier? War das mehr als eine Sekunde?«

Ada nickt.

»Etwas ist komisch. Erst kommt Friedel zu spät. Dabei ist sie kein bisschen entführt. Dann verschwindet sie wieder und ich muss hier warten.« Ich packe Ada am Ärmel. »Sie war vorher nicht entführt. Aber vielleicht ist sie jetzt entführt! Kommst du mit? Ich muss meine Tante befreien. Mein Lasso habe ich mit. Aber alleine traue ich mich nicht.«

Ada hastet zurück zu ihrem Platz, packt ihr Instrument in einen Koffer und schnallt ihn auf den Rücken.

»Krass, so eine riesige Geige.«

Ada grinst und tippt: »DAS IST EIN CELLO.«

Sie packt den Rekorder in eine Tasche.

»Achtung«, zische ich und zeige auf einen grauen Mann. »Das ist Knut.«

Er eilt durch den Eingang. Wir warten kurz und folgen ihm dann ins Warenhaus. Es gibt viele Geschäfte und Menschen. Ich nehme Adas Hand. »Hier ist es zu laut und zu voll.«

»DER FRISÖR IST IM OBEREN STOCK. VIELLEICHT IST ES DORT RUHIGER.«

Ich nicke und folge ihr, lasse ihre Hand aber nicht los.

Tatsächlich, hier gibt es ein Geschäft, in dem überall so Frisör-Zeugs steht. »Siehst du das?« Ich zeige in den Salon. Im Stuhl neben der Duschbrause sitzt ein Mann in einem grauen Anzug. Eine mollige Frisörin dreht seine Haare auf Lockenwickler. Er hat die Augen geschlossen. Ich presse mir die Hand auf den Mund, um nicht loszulachen. Mit rosa Lockenwicklern hätte ich ihn fast nicht erkannt. Aber das ist eindeutig Knut.

»Kann ich euch helfen?« Hinter der Kasse des Salons steht eine Frau mit langen, schwarz lackierten Fingernägeln. »Habt ihr einen Termin?« Sie tippt auf ihrem Computer herum. »Name? Nachname?«

Ich schaue zu Ada. Sie schüttelt den Kopf und zeigt auf mich.

Ich bringe keinen Ton heraus.

»Soll das ein Scherz sein? Könnt ihr nicht reden?« Die Frau schiebt einen Kaugummi zwischen ihren Lippen durch und bläst ihn auf zu einem Riesen-Ballon, der kurz vor meiner Nase zerplatzt. Er riecht nach Erdbeere.

»Ich suche meine Tante«, flüstere ich. »Ist sie hier?«

Die Frau dreht sich um. »Welche ist es denn?«

Die einzige Kundin außer Knut ist ein Mädchen in meinem Alter.

Ich kichere. »Da sitzen ein Mann und ein Kind. Meine Tante ist kein Mann und kein Kind, sondern eine Frau. Sie ist hundert. Oder fünfzig. Jedenfalls alt. Sie hat rote Locken und einen lila Hut.«

Die Frau runzelt die Stirn. »Ich glaube, ich habe deine Tante gesehen. Der Vater des Chefs ist mit ihr da drüben ins Lager gegangen. Ich habe mir noch gedacht: Die ist etwas alt für eine Reinigungsfachfrau. Aber ich mische mich nicht ein.«

»Gut, dann warten wir hier auf sie«, sage ich.

Die Frau schüttelt den Kopf. »Der Chef mag es nicht, wenn Kinder hier herumlungern.« Sie deutet mit dem Kinn zu dem Mann mit den Lockenwicklern.

Eine geheimnisvolle Unterhaltung

»Knut ist der Chef!«, rufe ich.

Ada boxt mich in den Arm.

Doch die Frisörin winkt ab. »Er hört uns nicht. Er trägt immer Kopfhörer, wenn er frisiert wird. Er hört Hardrock-Musik. Nichts ist ihm heiliger, als wenn seine Locken neu gelegt werden. Wartet dort hinter dem Vorhang.« Sie zeigt durch den Salon. »Ich rufe euch, wenn deine Tante wiederkommt.«

»DANKE, DAS MACHEN WIR«, sagt Adas Sprechmaschine.

Die Frau stößt einen Schrei aus und ihrer Kollegin fällt ein Lockenwickler aus der Hand.

Ada lächelt und zeigt auf ihr Tablet.

»Ach, du armes Kind.« Die Frau betont jede Silbe und redet in doppelter Lautstärke. »Du bist taub. Das tut mir leid. Hinter dem Vorhang stehen zwei Stühle an der Wand. Dort könnt ihr euch hinsetzen. Das wird der Chef gar nicht merken.«

Eine Dame tippt mir mit dem Griff ihres Stocks auf die Schulter und schiebt sich an uns vorbei. »Ich habe einen Termin. Waschen, föhnen, bitte.« Sie schaut auf ihre Uhr. »Ich habe nicht den ganzen Tag Zeit.«

Die Frisörin zuckt mit den Schultern und führt die Dame zu einem Sessel.

Wir gehen zur hinteren Wand des Salons, schlüpfen durch den Spalt im Vorhang und setzen uns auf zwei Stühle. Dort ist es schummrig. Hinter mir ist eine Holzwand, vor mir der Vorhang. Ich lasse die Beine baumeln und trete Beulen in den Stoff.

Ada tippt mir auf den Arm und rollt mit den Augen.

Plötzlich höre ich leise Stimmen durch die Wand.

»Hörst du das?«, flüstere ich.

Ada schüttelt den Kopf.

Ich horche. Meine Ohren sind der Hammer. Wenn Fausto, Benedict und ich unsere Eltern ausspionieren, bin ich immer fürs Belauschen zuständig.

»Die eine Stimme gehört einem Mann«, flüstere ich. »Und die andere ist Tante Friedel. Wir haben sie gefunden! Wenn wir nur diese Wand aufbrechen könnten.«

Ada schüttelt den Kopf und legt einen Finger an den Mund.

Mein Herz rast. Ich mag es nicht, wenn ich mein Herz spüre. Die Ärztin untersucht es jedes Jahr und schaut mich besorgt an. Es hat einen Fehler und sie kann ihn nicht reparieren. Dabei hat sie mich schon einmal operiert, mit Narkose und allem. Ich habe eine coole Helden-Narbe an der Brust. Wenn mein Herz schnell klopft, habe ich Angst, dass der Fehler explodiert. Doch ich habe Glück. Es passiert nichts.

Ada drückt ihr Ohr an die Wand. Aber nach einer Weile schüttelt sie den Kopf. »ICH VERSTEHE NICHTS. VERSTEHST DU ETWAS?«, fragt ihre Maschine im Flüsterton.

Ich nicke. »Klar.«

»WAS REDEN SIE?«

Ich lege ein Ohr an die Wand und höre deutlich Friedels Stimme: »Ach, Ralph, jetzt muss ich gehen. Mein verliebtes Herz will bei dir bleiben, aber ich habe schon viel zu viel Zeit mit dir verbracht, mein Lieber. Ach, meine Hormone! Gib mir noch ein Küsschen.«

Ich presse mir die Hand auf den Mund. Friedel sagt »Ach, Ralph« zu Ralph. Und sie hat Hormone.

»Ach, Süße, du kennst doch Knut, meinen Sohn. Er hat schon wieder Sachen in den Niederlanden bestellt. Du fährst doch morgen mit nach Amsterdam. Macht es dir etwas aus, einen Koffer für ihn mitzunehmen? Im Bus gibt es genügend Platz.«

»Ach, Ralph, lass mal. Da muss sich dein Knut schon selber darum kümmern.«

Im Flüsterton erzähle ich Ada, was ich gehört habe, und horche weiter.

»Friedel, meine Teuerste, du weißt doch, dass er wenig Geld hat. Er kann das Porto nicht bezahlen. Bitte, tu es für mich.«

»Nein, nein, Viola will so etwas nicht. Ein Koffer und eine Tasche pro Person, das reicht. Das sagt sie immer.«

»Sei nicht so, Zucker-Schnecke. Dafür darfst du dir weiterhin gratis hier die Haare machen lassen. Du weißt, wie sehr ich deine Frisur liebe.«

Plötzlich höre ich eine Tür und eine dritte Stimme erklingt. Ich spüre, wie sich alle Härchen an meinen Armen aufstellen. Ich kenne die Stimme. Sie gehört Knut. Ich schaue durch den Spalt im Vorhang in den Salon. Er sitzt nicht mehr auf dem Frisörstuhl. Ich presse mein Ohr wieder an die Wand. »Papi, lass mal. Das ist viel zu kompliziert. Wir entführen den Sohn dieser Busfahrerin, diesen beknackten Behinderten. Dann wird sie schon unsere Koffer transportieren.«

Meine Zähne fangen an zu klappern. Ich spüre, wie Ada meine Hand nimmt.

»Was fällt dir ein, meinen Kleinen so zu nennen? So etwas tut man nicht. Ralph, hast du deinen Sohn nicht erzogen?«

»Knut.« Jetzt redet wieder Ralph. »Rede nicht so. Das tut man nicht. Und es werden keine Kinder entführt. Wir machen es auf meine Art. Beim schwimmenden Chinesen. Du weißt schon. Und dann wird Friedelchen das Köfferchen in die Schweiz bringen. Da bin ich sicher. Oder, Friedel?«

»Nein, nein.« Wieder Friedels Stimme. »Ich muss jetzt zu Elio. Ich wollte nur ein Sekündchen weg sein. Mit euren Koffern will ich nichts zu tun haben.«

Da ruft Ralph: »Oh, ich habe die Zeit vergessen. Ich muss weiter. Ich habe noch eine Verabredung. Also, ich meine. Ich muss kurz weg!«

Ich höre ein Knutschgeräusch und verziehe das Gesicht. Dann sagt Friedel etwas. Sie klingt gekränkt. »Was hast du denn Wichtiges vor?«

»Ach, na ja, weißt du, nichts, nichts. Aber du musst doch auch weg, oder?«

Dann sagt Friedel: »Stimmt, mein Süßer. Das war wieder mehr als ein Sekündchen. Aber ich weiß, dass mein Kleiner wartet – wie festgeklebt.«

Ich höre Geräusche, eine Türe geht auf.

»Tschüss Papi. Geh nur«, sagt Knut. »Geh nur. Ich regle das mit Friedel. Ich werde mich in aller Form bei ihr entschuldigen, wie du es mir beigebracht hast.«

Wieder macht mir diese Knut-Stimme eine Gänsehaut.

Die Tür wird geöffnet und wieder geschlossen.

»Also, ich höre.«

»So, Alte. Jetzt kann mein Papi dich nicht mehr beschützen. Du kommst mit zum Strandweg. In der Villa wirst du zur Besinnung kommen.«

»Nichts da! Finger weg! Lass mich los«, schreit Friedel. »Lass mich los! Pfoten weg, du Stinktier! Hilfe!«

Ich springe auf und will losrennen, doch Ada hält mich fest. Sie zeigt auf ihr Ohr. Ich erzähle ihr, dass Knut Friedel zu einer Villa an einem Strandweg mitnehmen will und sie geschrien hat.

Ada zieht mich durch den Vorhang und aus dem Frisörsalon.

»Deine Tante ist noch nicht gekommen«, ruft die Frisörin uns nach.

Alles ist plötzlich wieder voller Leute, sie gehen in die Geschäfte, fahren die Rolltreppe rauf und runter. Es ist zu laut. Ich packe Ada. »Ich will zu Friedel. Jetzt sofort.«

Sie zieht mich zu einer Bank. »KOMM, WIR BEOBACHTEN DIE ROLLTREPPEN. DA MÜSSEN SIE DURCHKOMMEN.«

Wir warten. Und warten. Aber Friedel kommt nicht. Ich fange an zu weinen. »Jetzt ist sie wirklich entführt. Ich war wütend, weil sie nicht entführt war. Und jetzt ist sie entführt – und das ist gar nicht lustig.«

Ada legt einen Arm um meine Schulter. Nach einer Weile sagt ihr Tablet: »ERZÄHL MIR ALLES, WAS DU GEHÖRT HAST. VIELLEICHT KÖNNEN WIR SIE RETTEN.«

Ich überlege und erzähle von den Küssen, vom Koffer, vom Porto und dass Ralph es auf seine Art beim schwimmenden Chinesen machen will.

»WAS MEINT RALPH MIT DEM SCHWIMMENDEN CHINESEN?«

Ich überlege ein bisschen. »Ich glaube, er meint einen Chinesen, der in Amsterdam durch die Kanäle schwimmt. Dort gibt es viele Kanäle. Vielleicht ist der schwimmende Chinese ein Sportler oder so.«

Ada wiegt den Kopf. »VIELLEICHT. AUF JEDEN FALL STIMMT DA ETWAS NICHT. WIR MÜSSEN DIE POLIZEI RUFEN.«

Ich nicke. »Mach das. Ich habe kein Handy.«

Ada zieht ihres aus der Tasche und streckt es mir hin. Ich nehme es in die Hand. »Das ist ein krasses Teil. So eins hätte ich auch gern.«

»RUF DIE POLIZEI«, tippt Ada.

Ich starre auf das Display. Zahlen, viele Zahlen. Ich kenne sie alle. Das ist nicht das Problem. »Wie ist die Nummer der Polizei?«

Sie nimmt mir das Handy aus der Hand und tippt sie ein. Es tutet in der Leitung. Wieder streckt sie mir das Handy hin.

»Notruf, was kann ich für Sie tun?«

Ich bringe keinen Ton heraus.

»Hallo, wer spricht?«

»Elio«, stoße ich endlich hervor.

»Hallo, Elio. Worum geht es?«

»Um meine Tante. Also um Friedel. Oder vielleicht eher um Ralph. Nein, ich denke, es geht um Knut, so heißt er. Er ist Ralphs Sohn. Also, wissen Sie. Ich verstehe nicht, was Friedel an Ralph findet. Sie hat immer gesagt, dass sie keine Männer mag, und jetzt hat sie diesen Ralph.«

»Entschuldige, Elio. Worum geht es? Bist du in Not?«

Meine Hände zittern. »Na ja, warum küsst Friedel plötzlich so einen Ralph?«

»Das tut mir leid, Elio. Leider kann ich dir nicht helfen. Aber es gibt ein Sorgentelefon für Kinder. Melde dich dort.« Sie sagt viele Zahlen.

Ich schmeiße das Handy zu Boden, trete mit dem Fuß darauf und schreie: »Ada, du bist so blöd!« Tränen schießen über die Wangen. »So etwas kann ich nicht. Ich bin nur ein blöder Behinderter. Mit so einem wie mir musst du nicht reden.«

Ada boxt mich. Ich falle rückwärts. Sie hebt ihr Handy auf und versucht es einzuschalten. Ihre Nase wird blass.

»Ist es kaputt?« Ich gehe zu Ada und streichle ihre Hand.

Sie stößt mich weg. Dann nickt sie.

»Es tut mir leid«, flüstere ich. »Meine Eltern haben eine Versicherung für solche Unfälle. Die wird dein Handy wieder ganz machen.«

Nach einer Weile schreibt sie: »WENIGSTENS NICHT MEIN TABLET. SOLL ICH DICH NACH HAUSE BRINGEN? VIELLEICHT KÖNNEN DEINE ELTERN DIE POLIZEI VERSTÄNDIGEN. DANN SUCHEN DIE FRIEDEL.«

Ich schüttle den Kopf. »Ich weiß meine Adresse nicht. Ich habe keine Ahnung, wie ich da hinkommen soll.«

»WEISST DU DIE TELEFONNUMMER DEINER ELTERN?«

»Nein.«

»WILLST DU MIT ZU MIR KOMMEN?«

Ich nicke und wir marschieren los.

Nach einer Weile frage ich: »Glaubst du, dass Knut Friedel weh tun wird?«

Sie tippt: »ICH GLAUBE NICHT. ABER VIELLEICHT WIRD KNUT SIE ZWINGEN, DEN KOFFER MITZUNEHMEN.«

Ein Silo und ein Motorboot

Ich habe mir das Haus von Pippi Langstrumpf immer schief und krumm vorgestellt, aber ein klares Bild davon hatte ich nicht. Den Film habe ich nie gesehen. Ich kenne nur das Buch. Meine Mutter hat es mir vorgelesen. Aber seit genau jetzt weiß ich, wie Pippis Haus aussieht. So wie Adas Haus. Es ist nicht aus Holz, sondern aus rotem Stein gebaut und hat Türmchen obendrauf. Hinter jedem Fenster hängt ein bunter Vorhang. Der, den ich am besten sehe, ist hellgelb mit violetten Kirschen drauf.

»Wow, hier wohnst du? Das Haus ist voll krass!«

Ada zuckt mit den Schultern und zeigt links neben das Haus. Da steht ein großes, rundes Metallteil mit einem spitzen Dach.

»ICH WOHNE IM SILO«, tippt Ada.

»Das ist ein Silo? Wer hat den gebaut? Ist das erlaubt? Habt ihr da Fenster reingebohrt?«

Ada kichert und tippt in ihr Gerät: »ICH HABE DEN AUSGEBAUT. MEIN STIEFVATER UND MEINE GESCHWISTER HABEN MIR GEHOLFEN.«

»Das ist krass ohne Ende.«

»IM WINTER IST ES IM SILO ZU KALT. DANN MUSS ICH INS HAUS.«

»Und wer wohnt im Haus?«

Ada setzt sich ins Gras und lehnt den Rücken an das Pippi-Langstrumpf-Haus.

»MEINE ELTERN UND MEINE GESCHWISTER. ABER IM MOMENT SIND SIE IN AMSTERDAM. SIE SIND AUCH STRASSENMUSIKER UND SPIELEN WÄHREND DER SOMMERFERIEN DORT.«

»Echt, das ist krass ohne Ende. Morgen fahre ich mit Mama und Friedel und all den andern Omis und Opis auch nach Amsterdam.« Ich schlucke. »Falls ich Mama und Friedel wiederfinde.«

Wir schweigen eine Weile. Dann frage ich: »Alle anderen sind in Amsterdam? Du bist jetzt alleine hier?«

Ada lächelt. »DAS IST SO BEI UNS. WENN WIR ZWÖLF SIND, DÜRFEN WIR EINEN SOMMER ALLEINE VERBRINGEN, WENN WIR WOLLEN. LETZTES JAHR WAR MEIN BRUDER MARLON DRAN.«

Ich stampfe mit dem Fuß. »Mann, das ist gemein. Ich darf nicht einmal ein Sekündchen allein sein.«

Ada grinst, sagt aber nichts, sondern zeigt zum Eingang. Wir gehen zusammen ins Haus. Jeder Raum ist in einer anderen Farbe gestrichen: Türkis, Hellblau, Pink, Rosa, Mint. Überall stehen Betten herum.

»Wie viele Geschwister hast du?«

Ada dreht sich zu mir und hebt beide Hände, aber nicht alle Finger. Ich kann nicht schnell genug zählen, um zu erkennen, wie viel das ist. Sie winkt mich in die Küche und öffnet einen Schrank. Er ist bis zuoberst gefüllt mit Chips, Keksen, Schokolade, Salzstangen, Popcorn und Dosenmais. Mein Magen knurrt bei dem Anblick. Dann öffnet sie den Gefrierschrank, in dem sich Fertigpizzen stapeln.

»PIZZA, CHIPS UND KEKSE?«, tippt Ada.

Ich fange an zu kichern. »Ist das die Auswahl?«

Ada nickt, zeigt dann auf den Schrank und den Tiefkühler.

»Echt, keine Äpfel, Gurken, Vitamine, Grünkohl oder so?«

Ada schüttelt den Kopf.

Ich wähle eine Pizza mit Salami und Schokoladenkekse aus.

Ada zeigt mit dem Daumen nach oben. Sie stopft die Sachen in einen Rucksack und winkt mich aus dem Haus. Ihr Cello lässt sie in der Küche stehen.

»Gehen wir jetzt in den Silo?« Ich rudere mit den Armen.

Ada holt einen Saugnapf. Damit öffnet sie ein Fenster unten am Silo und klettert hinein. Sie streckt mir die Hand hin. Meine Zähne klappern ein winziges bisschen. Doch ich klammere mich an ihrer Hand fest und klettere hindurch. Hier drin stehen ein Plüschsofa, ein riesiger Sitzsack, ein Tisch und Stühle. Ada öffnet einen Backofen und schiebt die Pizza hinein. Sie holt Gläser hinter einem Vorhang hervor und füllt sie mit Limonade. Dann tippt sie: »ES LIEGT NICHT AN DEINER BEHINDERUNG, DASS ICH NICHT MIT DIR REDE, SONDERN AN MEINER.«

»Echt, du bist behindert?« Ich fange an zu kichern. »Behindert. Du bist behindert.« Dann werde ich wieder ernst. »Kannst du es mir erklären?«

»NEIN«, tippt sie.

Langsam füllt sich der Silo mit Pizzaduft. Mir läuft das Wasser im Mund zusammen. Mann, habe ich Hunger. »Wo spielen deine Eltern, wenn nicht Sommerferien sind?«, frage ich nach einer Weile.

Ada lacht und tippt: »DANN MACHEN SIE NICHT MUSIK. SIE ARBEITEN BEIDE AN DER UNIVERSITÄT. MAMA IST PROFESSORIN FÜR MASCHINENBAU UND MEIN STIEFVATER PROFESSOR FÜR ENGLISCH UND FRANZÖSISCH.«

Ich springe auf, denn ich höre Schritte. Adas Kopf schießt in die Höhe. Sie hält sich einen Finger an die Lippen und zeigt zum Fenster. Wir spähen hindurch. In der Dämmerung schleicht ein kleiner Junge um das Haus und versucht hineinzuschauen. Dann klingelt er.

»Das ist Finn!«, rufe ich. »Er geht in die gleiche Schule wie ich. Komm, wir fragen, was er von dir will.«

Wir klettern durch das Fenster und rennen zu ihm. »Finn! Was machst du hier? Solltest du nicht bei deiner Mama sein?«

»Doch. Knut hat mich zu ihr gebracht. Doch dann ist sie weggegangen. Mir war langweilig. Ich habe aus dem Fenster geschaut und gesehen, wie ihr vorbeigeht. Ich bin euch gefolgt.«

»WILLST DU MIT UNS PIZZA ESSEN?«, tippt Ada.

Finn strahlt sie an. »Du bist cool. Darf ich deine Maschine mal anschauen?« Er streckt die Hand nach dem Tablet aus. »So eine will ich auch. Dann klinge ich erwachsen und heldenhaft.«

Ada schüttelt den Kopf und tippt: »NICHT JETZT.«

Wir steigen wieder durchs Fenster in den Silo und Ada holt die Pizza aus dem Ofen. Wir fangen an zu essen. Finn kann nicht aufhören zu sagen, wie cool und toll und krass und gigantisch er alles findet.

Endlich hält er für eine Sekunde den Mund und ich frage: »Warum bist du bei deiner Mama? Ich dachte, die wohnt weit weg. Wo ist dein Papa?«

Finn schaut auf den Boden. »Papa ist in Berlin. Er ist doch Schriftsteller und er hat einen Literaturpreis gewonnen. Es ist das erste Mal, dass er ohne mich weggefahren ist.« Er macht eine lange Pause. »Und es ist das erste Mal, dass ich bei meiner Mama sein darf, ohne dass Frau Brunner jeden Tag vorbeischaut.«

»Ist das deine Oma?«

Finn schüttelt den Kopf. »Die ist vom Amt.« Wieder macht er eine lange Pause. »Mama war im Gefängnis.«

Ich springe auf. »Das ist krass ohne Ende! Deine Mutter ist eine echte Verbrecherin! Hat sie eine Bank ausgeraubt oder jemanden ermordet?«

Ada rüttelt an meiner Schulter und zeigt mit dem Kinn zu Finn. Er weint. Ich werde still.

Ada geht zu ihm und legt den Arm um ihn. »HAST DU EINE AHNUNG, WO DEINE MUTTER HINGEGANGEN IST?«

Finn zieht einen Zettel aus seiner Hosentasche. Sie liest und springt auf.

»Was ist?«, frage ich.

Ada streckt mir den Zettel hin. Ich nehme ihn nicht, sondern verschränke die Arme vor der Brust. »Ich will keinen blöden Zettel!«

Finn wischt seine Tränen ab. »Da steht drauf, dass sie beim Strandweg 56 Knut treffen will.«

»Strandweg!«, rufe ich. »Zu einem Strandweg wollte Knut Friedel mitnehmen. Da müssen wir hin!«

Ada nickt und tippt: »DIE VILLA BEIM STRANDWEG. DAS IST DIE NUMMER 56! DA MÜSSEN WIR HIN. UND ICH WEISS AUCH SCHON, WIE. LASST UNS ZUM STRANDWEG 56 FAHREN.«

Wir steigen aus dem Fenster. Ich habe mich schon so an dieses Klettern gewöhnt, dass ich das ohne Adas Hand kann. Der Mond ist fast voll und beleuchtet den Garten. Ich rieche die Rosen. Ich fröstle in meinem T-Shirt und der kurzen Hose. »Leihst du mir eine Jacke?«

Ada rennt zum Haus. Wenig später ist sie zurück und hält mir eine Jogginghose und eine Wolljacke hin. Ich ziehe mir beides über.

Ada hat sich einen Rucksack umgeschnallt.

»Was ist da drin?«

»WERKZEUG.« Ada zeigt zum Garten und wir gehen los. An einem Strauch schimmert eine Tomate im Mondlicht. An der Brombeerhecke hängen schon winzige, grüne Beeren. Ich strecke die Hand aus und berühre eine. Sie ist hart.

Ada bückt sich und kriecht unter der Hecke durch.

Ich taste den Boden ab. Er ist weich und feucht und fühlt sich ein bisschen an wie meine Kuschelspinne. Ich krieche hinter Ada her. Als Letzter folgt Finn. Über uns ist alles zugewachsen. Es ist ein richtiger Geheimgang.

Endlich richtet sich Ada auf und bleibt stehen. Im Silberlicht schimmert der See. Nebelschwaden ziehen darüber wie Elfen bei ihrem Sommertanz. Eine Brise kitzelt meine Nase. Eine Wolke verdeckt den Mond. Die Nacht versteckt für einen Moment all die Wunder.

»Sehr gut. Das ist ein See. Am See ist der Strand und am Strand ist der Strandweg. Wir sind angekommen«, sage ich.

Ada schüttelt den Kopf. Sie geht zu einem Steg mit mehreren Motorbooten und lächelt. Dann öffnet sie ihren Rucksack und nimmt den Saugnapf heraus. Sie befestigt ihn am Fenster des Bootes direkt vor uns und zieht daran. Oben am Fenster entsteht ein Spalt und sie schiebt einen Gummikeil hinein.

»Ada, was tust du da?« Ich schüttle ihren Arm.

Sie wischt mich weg und gibt mir keine Antwort. Was auch nicht nötig ist. Es ist offensichtlich, was sie tut: Sie bricht das Boot auf.

Der Strandweg

Ada schiebt einen Draht durch den Spalt, den der Keil macht, und zieht damit innen an der Tür an einem Hebel. Die Tür geht auf.

»Ich steige nicht auf ein gestohlenes Boot«, ruft Finn.

»DAS BOOT GEHÖRT MEINER FAMILIE.«

Ich juble. Ich liebe Boote.

»Mann, warum brichst du es dann auf?«, mault Finn.

»EIN BISSCHEN SPASS MUSS SEIN!« Ada schiebt uns hinein und gibt uns beiden eine Schwimmweste. Sie selber zieht auch eine an.

Im Boot gibt es eine Schlafkoje, eine Dusche und einen Kochherd. Ada zeigt auf die Sitze ganz vorne. Finn und ich setzen uns hin. Ada verschwindet im Klo, kommt mit einem Schlüssel in der Hand zurück und setzt sich auf den Fahrersitz. Sie startet den Motor und wendet das Schiff.

»Du bist die Beste!« Ich springe von meinem Sitz auf und juble. Doch sofort lasse ich mich wieder auf das Polster plumpsen. Das Boot schaukelt wie verrückt.

Ada stellt die Scheinwerfer ein. Die zeichnen einen silbernen Streifen aufs Wasser, der aussieht wie ein Wegweiser aus einem Märchenbuch. Der wird uns zu Friedel führen.

»Darf ich auch einmal fahren?«, frage ich.

Ada nickt. Ich kann mein Glück nicht fassen. Bis jetzt durfte ich erst einmal bei einem Jahrmarkt mit einem Autoscooter fahren. Aber selbst dort fuhr Mama auf dem Beifahrersitz mit. Meine Brüder reden manchmal darüber, dass sie die Autoprüfung machen wollen, sobald sie achtzehn sind. Wenn ich dann ins Zimmer komme, wechseln sie sofort das Thema. Weil ich nie werde Autofahren können. Aber ein Motorboot ist krasser, krass ohne Ende.

Ada steht auf und deutet mit dem Kinn auf ihren Platz. Ich setze mich und greife nach dem Steuerrad. »Juhu, ich bin der König der Meere, ich bin der Kapitän. Ich bin Elio, der Seeräuber.«

Ich folge den Scheinwerferlichtern, doch bald wird das langweilig. Ich drehe auf die eine Seite, dann auf die andere. Wasser spritzt, das Boot hüpft auf und ab.

Ada schüttelt den Kopf und deutet in eine Richtung.

Sofort höre ich auf. Ich will nicht, dass sie mich wegschickt. Ich fahre brav geradeaus, bis ich auf der anderen Seite des Sees das Ufer sehe.

Dann nimmt mir Ada das Steuer aus der Hand und ich stehe auf. Ich schimpfe nicht. Ich gebe den Platz frei. Manchmal schaffe ich das.

Sie löscht die Scheinwerfer und fährt eine Schlaufe zurück in den See.

»Was soll das?«, frage ich.

»ZUR SICHERHEIT«, tippt Ada.

Vom Ufer leuchten die Lichter einiger Häuser. Welches mag der Strandweg mit der großen Zahl sein?

Ada zeigt auf das größte, eine Villa, die hell erleuchtet ist. Sie hat einen eigenen Bootsplatz mit einem Steg. Sie fährt vorsichtig näher und greift nach einem Stock mit Haken. Damit zieht sie das Boot zum Steg. Dann springt sie an Land und bindet es fest.

Ich bleibe sitzen. »Ich trau mich nicht. Wie soll ich hier aussteigen?«

»Komm, ich helfe dir«, sagt Finn. Er gibt mir die Hand.

Ada springt wieder aufs Boot, nimmt meine andere Hand und zusammen steigen wir auf den Steg.

Wir streifen die Schwimmwesten ab und werfen sie zurück aufs Boot.

»Ist das der Strandweg 56?«, flüstert Finn und zeigt auf die Villa.

Ada nickt. »WIR WOLLEN MAL SEHEN, WEN WIR HIER FINDEN.«

Ich greife nach ihrem Ärmel. »Was, wenn Friedel nicht da ist? Was, wenn Knut …« Ich kann nicht weiterreden.

Ada überlegt. Dann tippt sie: »WOLLT IHR HIER BEIM BOOT WARTEN? ICH KLINGLE BEIM HAUS. WENN FRIEDEL DA IST, WINKE ICH EUCH. WENN NICHT …«

»Auf gar keinen Fall!«, unterbreche ich, bevor ihre Maschine zu Ende geredet hat. »Wir bleiben zusammen.«

Wir schleichen zum Haus. Ich kralle mich an Adas Rucksack fest.

Finn klingelt.

Eine Tür wird zugeschlagen. Ich höre Schritte. Ich verstecke mein Gesicht in Adas Jacke.

Ich höre, wie die Tür aufgeht, und schaue hin, noch immer an Ada gepresst. Den Mann erkenne ich sofort. Es ist Knut. Dann betrachte ich die Frau. Sie hat mit ihren Haaren ein riesiges Nest gebaut. »Finn!«, ruft sie. »Was machst du hier? Du solltest im Haus auf mich warten. Ich habe dir doch gesagt, dass ich bald zurückkomme.« Sie umarmt ihn und streichelt seine Haare. Dann dreht sie sich zu Knut und macht das Gleiche bei ihm.

»Mann, Mia, du ruinierst meine Frisur. Die Locken sind frisch gelegt. Wie oft soll ich dir noch sagen, dass ich das nicht will.« Er zieht einen Handspiegel aus seiner Tasche, betrachtet sich und streicht sich durch seine Haare. »Das ist nicht mehr zu retten. Ich muss morgen früh sofort in den Frisörsalon. Ich sehe aus wie ein Verbrecher.«

»Das bist du«, schreie ich und lasse Ada los. »Ein elender Verbrecher. Ich habe dich belauscht. Du wolltest mich entführen.« Ich stampfe mit dem Fuß. »Und du hast mich einen Behinderten genannt. Das darf man nicht. Und jetzt hast du Friedel entführt. Gib sie sofort her!«

»Na, na.« Knut zupft weiter an seinen Locken herum. »Wir wollen mal nicht so empfindlich sein.«

Mia nimmt Finn bei der Hand. »Wir gehen jetzt nach Hause. Das hier ist nichts für dich.«

Finn zieht seine Hand weg. »Und was ist mit Ada und Elio? Können wir Elio nach Hause bringen? Ich weiß, wo er wohnt.«

Mia schüttelt den Kopf. »Nein, lass nur. Elios Tante ist hier. Sie wird sich um ihn kümmern.« Sie zieht Finn zu einem Auto.

Knut grinst, hält uns die Tür auf und wir gehen ins Haus. Dicke, dunkelrote Teppiche liegen im Gang. Marmorsäulen stützen die Decke.

»Hosentaschen leeren«, knurrt Knut.

Adas Gesicht wird rot.

Knut schaut sie an und kichert. »Du siehst wütend aus, du beknacktes Mädchen. Taschen leeren, habe ich gesagt. Oder hat die Dame etwas dagegen einzuwenden?«

Adas Augen verwandeln sich in Schlitze. Sie kann das echt gut.

»Oh, entschuldige. Ich habe vergessen, dass du stumm bist. Hat man dir die Zunge rausgeschnitten? Lass mal sehen.« Er schiebt Adas Lippen auseinander.

Ada beißt zu und Knut schreit auf.

»Aua, du hast mich gebissen. Was fällt dir ein? Menschenbisse sind gefährlich. Wie konntest du nur? Aua! Ich blute! Ich blute!« Er streckt den Finger in die Luft und rennt durchs Zimmer. Nach drei Runden flitzt er durch eine Tür.

Ada und ich sind alleine. Sie zeigt mit dem Kinn zum Ausgang. Wir rennen los. Doch die Tür ist verschlossen.

»Wohin denn so schnell, ihr lieben Kinderchen?«, brüllt Knut und wedelt mit einem Pflaster.

Ich schieße herum.

Knut klebt sich das Pflaster auf den Finger. »So, du Goldjunge. Mein Vater wollte nicht, dass ich dich entführe. Aber jetzt bist du selbst zu mir gekommen. Ich sage ja immer: Auf meine Art geht es schneller.« Er gackert. »Ich bin sicher, deine Mama wird alles für mich transportieren, wenn ich ihr dafür ihren Sohn wiedergebe.« Dann lächelt er. »Ich hoffe, es gefällt euch hier.« Er zeigt auf einen Kronleuchter. »Es soll euch gut gehen, solange ihr meine Gäste seid.«

»Könnten Sie uns zu Friedel bringen, Herr Knut? Der Goldjunge hat Angst.«

Knut schlägt sich auf die graue Hose und brüllt vor Lachen. Tränen laufen ihm über die Wangen. »Herr Knut«, gluckst er. »Natürlich wird der Herr Knut deine Tante holen, wenn er hat, was er will. Aber erst wird der Herr Knut eure Sachen einziehen.« Er reißt Ada den Rucksack weg.

Sie stürzt sich auf ihn.

Knut packt sie und wirft sie aufs Sofa. »Der Herr Knut versteht viel Spaß. Sehr viel Spaß. Aber irgendwo ist Schluss.« Er zieht eine Spraydose aus der Jackentasche. »Pfefferspray. Damit können sich arme, schwache Männer verteidigen. Glaubt mir, ich weiß, wie man damit umgeht.«

Er geht zu Ada und reißt ihr das Tablet aus der Hand. »Das nehme ich besser zu mir, Kleine. Damit du nicht auf dumme Ideen kommst.«

Sie starrt auf den Spray und hebt die Hände.

Dann dreht er sich zu mir. »Was hat der Goldjunge bei sich?« Er zieht Spidy unter meinem T-Shirt hervor.

»Bitte nicht, Herr Knut. Lassen Sie mir meine Kuschelspinne. Ich brauche sie.«

Knut grinst. »Aber, aber, der Herr Knut braucht auch eine Kuschelspinne. Sonst kann er nicht einschlafen. Ohne seine Kuschelspinne.« Er schmeißt Spidy in eine Ecke. Er tastet mich ab. Er findet auch mein Lasso und wirft es zu Spidy. Sogar mein Spiderman-Bild entdeckt er. Er betrachtet es. »Das habe ich noch nicht in meiner Sammlung. Wunderbar.« Er schnüffelt daran. »Leider stinkt es nach deinem Bauch.« Er zerreißt es in winzige Fetzen.

»Nein, tun Sie das nicht. Und geben Sie mir Spidy zurück.« Ich werfe mich auf den Boden. Ich schreie. Ich schlage nach Knut, ich trete ihn.

Er brüllt. »Aua, du tust mir weh. Warte, ich weiß, wie man mit dem Spray umgeht.« Er schüttelt die Dose und dreht sie hin und her.

Ich hole Atem und brülle wieder los.

»Dann behalte halt deine beknackte Spinne.« Er wirft mir Spidy hin und reibt sich das Knie.

Sofort höre ich auf zu schreien und stopfe Spidy unter mein T-Shirt.

Er schüttelt die Spraydose. »Noch einen Ton und ihr werdet

gepfeffert.« Er öffnet eine Tür und stößt uns hinein. Ich höre, wie ein Schlüssel gedreht wird. Wir sind eingesperrt.

Friedel und der Koffer

Ada setzt sich auf ein Sofa. Ihre Unterlippe zittert.

Ich verstecke mein Gesicht in ihrem Schoss und heule. Nach einer Weile schaue ich sie an. »Friedel ist hier. Und Ralph auch. Er wird uns helfen. Ralph ist vielleicht gar nicht so schlimm. Nur Knut ist blöd.«

Ada schüttelt den Kopf.

»Glaubst du nicht?«

Wieder schüttelt sie den Kopf.

»Vielleicht wird Friedel den Koffer für ihn transportieren. Dann ist alles wieder gut.«

Ada flüstert mir ins Ohr.

Ich springe auf. »Du kannst sprechen. Das ist krass ohne Ende. Kannst du auch laut reden?«

Ada nickt.

»Warum tust du es dann nicht?«

Sie schaut mich nur an.

»Du kannst richtig sprechen. Ha, Knut kann es vergessen, dass sie dir die Zunge rausgeschnitten haben. Der hat keine Ahnung.« Ich tanze durch den Raum. »Ada hat eine Zunge. Ada hat eine Zunge.« Ich falle ihr um den Hals. »Du bist so cool.«

Ada schaut mich an. Sie macht ihre Augen zu Schlitzen.

»Entschuldige. Was hast du gesagt?«

Sie seufzt.

Wir sind beide einen Moment still.

»Ich mache das nicht mit Absicht«, sage ich dann. »Ich will mir die Sachen merken, doch sie fallen manchmal aus meinem Gehirn.«

Ada schaut mich immer noch an.

»Sag noch einmal, was du vorher gesagt hast. Du hast eine Zunge.«

Ada schaut mich an.

Plötzlich höre ich Geschrei. »Wo ist mein Junge? Du Stinktier, wo ist Elio?«

Dann knallt etwas.

»Nicht schlagen! Ich habe einen Pfefferspray. Irgendwo ist doch meine Spraydose!«

Ein Schlüssel wird gedreht und Friedel stürmt ins Zimmer. In der einen Hand hält sie ihre Stöcke und in der anderen eine Schere. Sie drückt mich an sich.

»Aua, Tantchen, du tust mir weh.«

Sie lässt mich los und entdeckt Ada. »Die reizende junge Geigen-Spielerin ist auch da. Kinder, Kinder, was ist mit euch passiert? Hat der Heini euch tatsächlich entführt? Das wird alles ändern.« Sie klackt mit der Schere und dreht sich um. »Dir werde ich es zeigen!«

»Ich habe sie nicht entführt, sie sind von selbst gekommen«, ruft Knut und drückt sich beide Hände auf die Locken.

»Stimmt das?«, fragt Friedel.

»Ja, mit einem Boot! Ich durfte das Steuer halten. Ist das nicht cool?«

Friedel betastet meinen Kopf und meine Arme. »Alles dran, alles gut. Und er hat euch nicht entführt?«

»Nein, aber dich hat er entführt! Er ist ein böser Mensch.«

Doch Friedel winkt ab. »Das habe ich mit dem Kleinen geklärt.« Sie klackt mit der Schere.

Knut schreit und drückt sich an die Wand.

»Mach dir nicht in die Hose. Ich bringe dir den Koffer. Aber nur, weil du einen so süßen Vater hast. Und weil du Elio nicht entführt hast. Ich hätte von Anfang an auf Ralph hören sollen. Ach, mein Ralph.« Sie schaut in den Wandspiegel und zupft an ihren Löckchen herum. »So, jetzt raus hier. Ralph wird uns nach Hause bringen.« Dann brüllt sie: »Hol deinen Vater, du Stinktier. Ich will nach Hause.«

Knut verdreht die Augen. »Mann, Alte, geht's noch lauter?«

»Natürlich geht es noch lauter!«, brüllt Friedel.

Knut hält sich die Ohren zu.

»Aber ich will erst mein Lasso zurück. Und ich will ein neues Spiderman-Bild.«

Knut kratzt sich den Drei-Tage-Bart. »Der Herr hat Wünsche.«

»Hast du Tomaten auf den Ohren?«, brüllt Friedel. »Wie kann man einem kleinen Jungen sein Bild wegnehmen? Was bist du für ein böser, böser Mensch? Los, hol seine Sachen! Und Adas Tablet auch.«

»Ja, ja, ganz wie belieben, Hoheit«, knurrt Knut und verschwindet. Wenig später kommt er zurück. »Hier ist dein Lasso und das ist ein Bild aus meiner Sammlung.«

Ich fahre mit dem Finger darüber. »Das habe ich noch nicht. Aber es stinkt nach Knut-Händen. Ich will es nicht.« Ich zerreiße es in winzige Stücke.

»Blödmann!«, brüllt Knut und droht mir mit der Faust.

»Mach keine Dummheiten, Knut!« Friedel zieht eine braune Locke aus der Tasche ihres Rockes.

Knut heult. »Meine Locke, meine schöne Locke! Komm nicht noch einmal in die Nähe meiner Haare.« Er springt zur Seite und reicht Ada ihr Tablet.

Da geht die Tür auf und ein Mann mit einem langen, grauen Bart kommt herein. Den hat er mit drei Gummis zusammengebunden. Er sieht aus wie ein Pirat. Er trägt ein weißes Unterhemd und darüber eine Weste aus Leder. Er schaut uns alle der Reihe nach an. »Was macht ihr denn hier, Kinder?«

»Du bist Ralph?« Ich starre ihn an. »Du bist überhaupt nicht süß.« Ich fange an zu kichern. »Friedel, das ist Ralph?«

Sie strahlt den Mann an und nickt.

Der wirft ihr eine Kusshand zu. Dann betrachtet er mich und Ada. »So, dann erklärt mir mal, was hier los ist.«

»Dein Sohn war gemein zu uns. Er hat Spidy in eine Ecke geworfen.« Ich streichle meine Spinne.

»Was muss ich da hören?« Ralph baut sich vor Knut auf. »Man

nimmt Kindern nicht ihre Kuscheltiere weg. Haben deine Eltern dir das nicht beigebracht?«

Ich lache los. »Aber Herr Ralph. Du bist doch sein Vater. Du musst ihn besser erziehen.«

Ralph ballt seine Hand zu einer Faust. »Ja, das muss ich wohl. Wir drehen das Ding beim schwimmenden Chinesen, und zwar auf meine Art. Man entführt keine Kinder.« Er lächelt Friedel an. »Und mit Hilfe meiner Liebsten, oder?«

»Ja, das machen wir«, säuselt Friedel. »Natürlich mache ich das für dich.«

»Er hat uns nicht entführt«, rufe ich. »Wir haben diese Villa ganz alleine gefunden. Wir sind mit einem Boot gekommen und ich durfte das Steuer halten, Herr Ralph.«

Ralph lächelt. Erst jetzt bemerke ich, dass einer seiner Schneidezähne aus Gold ist. »Dann ist ja alles gut. Kommt, ich fahre euch nach Hause.«

Friedel schaut zu Ada. »Wohin soll mein Süßer dich bringen?«

»ICH FAHRE MIT DEM BOOT ZURÜCK«, sagt das Tablet. Ada hebt die Hand und marschiert zum Ausgang, ohne mich noch einmal anzuschauen. Sofort schließt Knut ihr die Tür auf.

Irgendwie bin ich dann in einem Auto und in einem Bett gelandet. Jedenfalls liege ich in Friedels Elio-Bett und die Sonne scheint, als ich aufwache. Ich höre Geschirr klappern. Sofort stehe ich auf. Friedel bäckt in der Küche Pfannkuchen.

»Du bist die Beste!«, rufe ich. »Ich liebe deine Pfannkuchen! Ist jetzt Morgen?« Ich schlinge meine Arme um ihren Bauch und stecke die Nase in ihre Schürze. »Ich habe Hunger«, murmle ich.

»Du kannst gleich anfangen.«

Im Pyjama setze ich mich auf die Eckbank. Mein Lieblingsteller steht schon bereit. Friedel lässt den ersten Pfannkuchen direkt aus der Pfanne auf meinen Teller gleiten. Ich bestreue ihn dick mit Zucker und Zimt und fange an zu essen.

»Darf ich eine heiße Schokolade?«, frage ich, bevor ich runterschlucke.

»Klar, mein Kleiner.« Friedel stellt mir eine Tasse hin. Dann seufzt sie. »Ich kann mir nicht verzeihen, was gestern passiert ist. Ich wollte dich nur ein Sekündchen alleine lassen. So etwas wird mir nie, nie, nie mehr passieren.« Dann lächelt sie. »Aber diesem Knut habe ich es gezeigt.«

Ich schlucke den letzten Bissen des Pfannkuchens herunter. »Können wir noch einmal zusammen in die Stadt? Ich muss Ada treffen.« Ich streichle ihren Arm und reiße meine Augen weit auf für den »Elio-ist-lieb-und-süß-Blick«.

»Von mir aus. Aber ich muss mich vorher noch schminken. Vielleicht ist Ralph im Salon und ich könnte mich von ihm verabschieden.«

Ich grinse. »Dauert ja nur ein Sekündchen.«

»Ach, du.« Friedel klatscht mir einen neuen Pfannkuchen auf den Teller und verschwindet im Badezimmer.

Ich esse auf. Dann ziehe ich mich an.

Als Friedel zu mir kommt, schimmern ihre Lippen pink. Ihre Wangen sind leicht rosa. »Wie gefalle ich dir?«

Ich betrachte ihr Gesicht. »Farbig bist du. Das ist besser als grau.«

Sie strahlt. »Na, dann los. Ich hole meine Stöcke. Wir haben noch etwas Zeit. Es reicht, wenn wir am Mittag deinen Koffer fertig packen.«

Wir marschieren in die Stadt zu Adas Platz. Zum Glück ist sie da. Sie spielt auf ihrem Cello. Sie sieht aus wie immer. Trotzdem ist etwas anders. Erst nach einer Weile merke ich, dass ihr Rekorder nicht läuft. Sie hört mitten im Lied auf zu spielen, legt ihr Cello in einen Koffer und kommt zu uns.

»Ada, wie geht es dir?«

»Habt ihr eine geheime Besprechung?«, fragt Friedel. Dabei schielt sie immer wieder zum Einkaufszentrum, zupft an ihren Haaren herum, schaut in das Schaufenster und drückt den Rücken durch.

»Sehr geheim.« Ich grinse sie an. »Geh zu deinem Ralph. Für ein Sekündchen.«

Friedel seufzt. »Heute werde ich meinem Ralph wirklich nur ein Küsschen geben und dann wiederkommen. Das Problem seines Sohnes haben wir gelöst.« Sie hüstelt und marschiert mit ihren Stöcken ins Einkaufszentrum.

Ada nimmt wortlos ihren Hut und ihr Instrument und zeigt auf eine Bank wenige Meter die Gasse hinunter. Wir setzen uns.

»DA IST ETWAS FAUL, SEHR, SEHR FAUL«, sagt die Computerstimme.

»Ada, warum redest du wieder mit deinem Tablet? Du kannst reden. Flüstere mir wieder ins Ohr. Das kitzelt so lustig.«

Ada schüttelt den Kopf und drückt noch einmal auf die Sprachausgabetaste: »DA STIMMT ETWAS NICHT. NIEMAND SPERRT KINDER EIN, UM PORTO ZU SPAREN.«

»Sollen wir die Polizei rufen?«, frage ich.

»DU WEISST, DASS DAS LETZTES MAL SCHIEFGEGANGEN IST. UND WIR HABEN KEINE BEWEISE.«

Ich nicke. »Du hast recht. Aber was machen wir jetzt?«

»ICH FAHRE NACH AMSTERDAM ZU MEINEN ELTERN. DU BIST AB MORGEN SOWIESO DORT. DANN VERFOLGEN WIR FRIEDEL UND FINDEN HERAUS, WAS IN DEM KOFFER IST«, tippt Ada.

»Darfst du zu deinen Eltern? Du sollst doch alleine zu Hause bleiben.«

»KLAR, DARF ICH.«

»Und wie finde ich dich in Amsterdam? Die Stadt ist groß.«

Ada runzelt die Stirn. »DAS IST EIN PROBLEM. WIR HABEN BEIDE KEIN HANDY.«

»Wann kommst du in Amsterdam an?«

»MAMA HAT MIR EIN TICKET FÜR DEN ZUG GE-

SCHICKT. ICH HABE ES AUF MEINEM TABLET. ICH WERDE MORGEN ABEND IN AMSTERDAM ANKOMMEN.«

»Sehr gut, wir werden einfach zusammen alle Koffer dort aufmachen, Knut in Handschellen legen und einen Kerker für ihn suchen. Jeden Tag werfen wir ihm eine winzige Flasche Wasser und Brotkrumen runter.«

Ada hebt die Hand.

Mann. Immer wenn ich krasse Ideen habe, will es niemand hören. Dabei dachte ich, dass Ada anders ist.

»WIR BRAUCHEN EINEN TREFFPUNKT.«

Ich nicke.

Ada nimmt einen Zettel aus ihrer Tasche und kritzelt etwas darauf.

»HIER IST DIE ADRESSE DES HAUSBOOTS, AUF DEM WIR SCHLAFEN.« Dann dreht sie den Zettel um und schreibt wieder etwas. »UND HIER SPIELT MEINE FAMILIE MEISTENS TAGSÜBER. DAS IST EIN PLATZ IN DER NÄHE DES BAHNHOFS. DORT WIRST DU UNS FINDEN.«

Ich reiße ihr den Zettel aus der Hand, verwandle ihn in eine Million Teile, so wie ich das mit Knuts Spiderman-Bild gemacht habe. Dann stampfe ich mit dem Fuß darauf herum. »Ich kann nicht lesen! Ich kann deinen blöden Zettel nicht lesen! Warum tust du das? Hast du gar nichts kapiert?«

»Elio, Tantchen ist wieder da«, höre ich Friedels Stimme hinter mir.

Ich renne zu ihr.

»Dieses Mal war es wirklich nur ein Sekündchen. Komm, wir müssen nach Hause.«

Ich drehe mich zu Ada und strecke ihr die Zunge raus.

»MANN, ELIO, DU KANNST SPRECHEN. DU MUSST DEN ZETTEL JEMANDEM ZEIGEN, DANN WIRD ER DIR HELFEN«, höre ich ihr Tablet sagen.

Doch ich stampfe noch einmal auf die Fetzen und gehe mit Friedel davon. Die strahlt vor sich hin und scheint nichts von unserem Streit zu bemerken.

Auf nach Amsterdam

Endlich ist alles gepackt und Papa kann uns zum schönsten Reisebus der Welt bringen.

Friedel flüstert mir ins Ohr: »Ich nehme nur eine kleine Reisetasche mit. Dann fällt es weniger auf, wenn ich auf der Rückfahrt einen fremden Koffer bei mir habe.« Ihre Wangen werden rosa.

Ich starre sie an. »Hä? Warum denn?«

»Viola wird nicht darauf achten, was ich jetzt dabeihabe. Schau, wie nervös sie ist. Aber wenn ich plötzlich mit zwei Koffern aus dem Hotel komme, würde ihr das auffallen, oder?«

Papa wedelt mit dem Autoschlüssel. »Kommt, wir müssen los. Es wird höchste Zeit!«

Wir steigen ins Auto. Mama lässt sich auf den Beifahrersitz plumpsen. »Ich bin jetzt schon mit den Nerven am Ende. Meine Gäste werden nichts von mir haben.«

»Ach, was«, wirft Friedel ein. »Sobald du am Steuer sitzt, ist nichts mehr von dieser Chaotin übrig. Mit dir würde ich sogar über den Himalaya fahren, so sicher bist du am Steuer. Und deine Witze sind die besten der Welt.«

»Man kann nicht mit dem Bus über den Himalaya fahren«, sage ich. »Nicht einmal Mama kann das.«

»Recht hast du, mein Schatz.« Friedel tätschelt mir die Wange. »Recht hast du.«

Papa hält auf einem Parkplatz neben dem Bus. Er ist orange, mit gelben Streifen drauf. Drinnen gibt es ein Klo und WLAN. Aber, wenn man kein Handy hat, nützt das nichts. Also, das Klo schon, aber das WLAN nicht.

Der erste Opi presst Mama an sich. »Viola, da bist du ja.«

»Günther, wie bist du denn angezogen? Hast du eine Fahrradtour gebucht?«

Günther dreht sich um sich selbst, sodass Mama ihn von hinten betrachten kann. Ich stelle mich neben sie, damit ich zuschauen kann. Er zieht sein weißes Hemd hoch und klopft sich auf den Hintern. »Fahrradhose! Wunderbar gepolstert!« Er dreht sich wieder zu uns und strahlt. »Toll, oder?«

»Ja, aber wozu?«, fragt Mama.

»Zum Sitzen. Damit kann ich den ganzen Tag sitzen und habe mein Polster immer dabei. Ich will doch wieder zu den Saft-Brüdern.«

»Wer sind die Saft-Brüder?«, frage ich und presse mich an Mamas Beine.

Günther lacht. »Das ist ein Lokal. Das habe ich letztes Jahr entdeckt. Das heißt Saft-Brüder, aber auf Englisch.«

»Juice-brothers?«, fragt Papa und lächelt Günther an.

»Keine Ahnung, irgendetwas in der Richtung. Nette Typen, gleich beim Bahnhof und die Säfte sind große Klasse.«

Er klatscht in die Hände. »Ich freue mich so. Lang ist's her, dass wir das letzte Mal zusammen in Amsterdam waren.«

»Vier Monate, kaum auszuhalten, kaum auszuhalten.« Mama lacht. »Schön, dich zu sehen, Günther.«

Günther schüttelt mir die Hand. »Kommst du in Amsterdam mit dem alten Günther zu den Saft-Brüdern? Einen tüchtigen Übersetzer könnte der dringend brauchen. Kann er doch dieses Niederländisch nicht. Wie soll er da seinen Gurkensaft bestellen?«

»Warum trinkst du Gurkensaft?«

»Wegen der Vitamine. Gurkensaft ist gesund. Kommst du mal mit?«

Ich zucke mit den Schultern. »Ich weiß nicht, ob ich Zeit haben werde. Und übersetzen kann ich nicht. Es gibt keine Verbindung zwischen meinem schweizerdeutschen und meinem niederländischen Gehirn. Du könntest mir auftragen, für dich im Supermarkt Milch zu kaufen. Dann könnte ich auf dem Weg dorthin mein schweizerdeutsches Gehirn ausschalten, das niederländische einschalten und für dich Milch kaufen. Aber Milch brauchst du nicht, oder?«

Günther wiegt seinen Kopf. »Nein. Aber ich werde das Bestellen hinkriegen. Ich habe leider nur ein Gehirn und das ist schon alt und vergesslich. Schön, dass du mitkommst, Elio.«

Papa nimmt meinen Koffer und schiebt ihn in den Gepäckraum. Er drückt mich fest an sich. »So, mein Großer. Ich wünsche dir eine gute Reise. Grüß mir Amsterdam.« Dann verabschiedet er sich von Mama und Friedel.

»Viola. Welch eine Ehre.« Martin verbeugt sich vor Mama

und küsst ihr die Hand. »Gibt es noch Platz für eine winzige Tasche?«

»Martin! Charmant, wie immer. Wo ist dein Koffer? Normalerweise nimmst du doch all deine schicken Hosen und Sakkos mit.«

Martin errötet. »Werde mir was kaufen in Amsterdam. Brauch mal was Neues. Und einen neuen Koffer brauche ich auch.«

»Aha.« Mama betrachtet den Gepäckraum. »Der sieht so leer aus. Normalerweise ist der gerammelt voll. Da haben noch andere sparsam gepackt.«

Friedel schiebt mich in den Bus. Der Streit mit Ada kommt mir in den Sinn. Ich ziehe Spidy heraus und drücke meine Nase in den Plüsch. Ich glaube nicht, dass Ada nach Amsterdam fährt. Bestimmt will sie mich nie wiedersehen. Jetzt werde ich Knut alleine finden müssen. Ich werde mein Lasso schwingen und seinen Koffer fangen. Das wird schon. Irgendwie.

»Elio, was ist los?«, fragt Friedel.

Ich verstecke Spidy unter dem T-Shirt und ziehe meine Mundwinkel nach oben. »Es ist alles gut.«

»Sicher?«

Mama fährt los und erzählt den ersten Witz, bevor sie auf die Hauptstraße biegt. Martin hinter mir brüllt vor Lachen. Das erspart mir eine Antwort.

»Oder kennt ihr den schon?« Mama erzählt einen Witz nach dem anderen.

Friedel pudert sich die Nase und lächelt ihr Spiegelbild an.

Nach einer Weile stehe ich auf. Ich verstehe mehr als die Hälfte der Witze nicht, obwohl Mama Schweizerdeutsch redet. Aber ich habe gelernt, dass ich gleichzeitig mit den anderen lachen muss. »Ich gehe aufs Klo.«

»Soll ich mitkommen?«, fragt Friedel.

»Ich bin doch kein Baby mehr!« Ich stapfe davon.

Mist, das Klo ist besetzt. Ich setze mich auf die Treppe davor und höre Gekicher. Dann eine Stimme. Das muss Ursula sein. Kein Zweifel. Ihre Stimme kenne ich seit immer. Aber Ursula und kichern? Das passt nicht. Meistens presst sie ihre Lippen so fest zusammen, dass sie zwischen ihrem Gebiss verschwinden. Dürr und ernst ist sie. Und jetzt lacht sie ständig.

»Ach, Ralphi, Ralph, du bist so süß.«

Ich schlage mir die Hände auf den Mund, um nicht zu kreischen.

»Aber, Ralphi, Ralph, wie soll ich den Koffer aus dem Schließfach holen?«

Meine Zähne fangen an zu klappern, doch ich gebe keinen Mucks von mir und horche weiter.

»Du schickst mir den Schlüssel ins Hotel. Ach, ist das aufregend, mein Ralphi, Ralph.« Stille. »Aber mein Liebster, wozu braucht ein Rocker wie du eine Krawatten-Sammlung?« Stille. »Küsschen, mein Ralphi, Ralph. Bis bald. Nein, du wirst mir auch mit Krawatte gefallen. Melde dich bald wieder. Tschüss.«

Sie stolpert fast über mich, als sie aus der Türe stürmt. »Was fällt dir ein, mir im Weg zu sitzen?« Sie baut sich vor mir auf. Doch sie ist so winzig, dass sie nur ein kleines bisschen zu mir runtersehen kann. Dabei trägt sie immer Schuhe mit dicken Sohlen. »Ich muss aufs Klo.«

»Das ist doch kein Grund, hier auf der Treppe zu sitzen«, zetert sie und stapft zurück zu ihrem Sitz.

Ich setze mich auf die Klobrille und will gar nicht wieder zu Friedel. Nach einer Ewigkeit stehe ich trotzdem auf. Ich schaue zu Friedel. Sie lächelt ohne Pause in ihr Handy, doch in mir drin ist es schwarz. Ursula sagt »Ralphi, Ralph« und soll auch einen Koffer bringen.

»Setz dich zum alten Günther, Bub«, ruft Günther und zeigt auf den Sitz neben sich. »Was hast du auf dem Herzen? Du siehst so unglücklich aus.« Er schaut mir in die Augen.

Ich setze mich zu ihm. »Günther, was sind Vitamine? Ich dachte, das ist ein Gemüse. Ist das ein anderes Wort für Gurkensaft?«

Der alte Mann lächelt. »Nein. Das ist nicht Gurkensaft. Das sind Stoffe in Obst und in Gemüse. Die sind furchtbar gesund. Je besser etwas schmeckt, desto weniger davon sind drin.«

Ich nicke. »Und in Gurkensaft sind viele davon?«

»Tonnenweise, ja, ja. Wenn man viel Gurkensaft trinkt, bleibt man gesund.«

Ich schaue aus dem Fenster. Wir fahren an einem Seeufer

entlang. Im Hintergrund hat es Berge. Das kann noch nicht die Niederlande sein.

»Dich drückt doch etwas anderes, Bub. Was ist los?« Dann stellt er nicht hundert weitere Fragen, sondern schaut mich nur an.

Und plötzlich muss ich ihm alles erzählen. Also nicht von Friedel und Ursula und den Hormonen und der Villa. Ich erzähle ihm von meinem Streit mit Ada. »Weißt du, alle vergessen immer, dass ich nicht lesen kann. Das ist fies ohne Ende. Und dann raste ich aus. Bestimmt will Ada mich nie wieder sehen. Dabei brauche ich sie.«

Günther nickt und sagt eine lange Zeit nichts.

»Und weißt du, Günther. Alle andern können mit elf lesen. Ich meine nicht nur Fausto und Benedict. Auch die andern. Im Sommer gehen wir immer zu so einem Treffen. Da sind ganz viele, die haben das gleiche Syndrom wie ich. Die können alle lesen!« Ich schluchze. »Nur einer kann es auch nicht. Aber der braucht auch Beinstützen und Tabletten und so Zeugs. Aber sonst, alle!«

Günther drückt meine Hand. »Ich verrate dir jetzt ein Geheimnis. Außer dir wissen es nur zwei Leute. Kannst du es für dich behalten?«

Ich nicke.

»Ich kann es auch nicht«, flüstert er.

»Was?«

»Na ja, lesen.«

Dann sagen wir lange nichts. Ich schaue zum Fenster hinaus und betrachte die Landschaft.

»Günther?«

»Ja.«

»Hast du ein Handy?«

Günther lächelt und zieht ein neues iPhone aus der Tasche. »Klar.«

Ich drücke seine Hand. »Dann ist ja gut.«

Ich bleibe noch eine Weile sitzen und beobachte Ursula. Sie sitzt schräg vor uns und hämmert auf die Tasten ihres Laptops.

»Was schreibt Ursula eigentlich? Ständig hat sie ihren Laptop auf dem Schoss.«

Günther schaut zu ihr. »Die schreibt ihre Lebensgeschichte auf.«

»Pah, wie langweilig! Zum Glück kann ich das nicht lesen!«, rufe ich.

Ursula schießt herum. Doch ich schaue weg und gehe dann endlich nach vorne zu Friedel.

Kein Sekündchen mehr alleine

Als ich die Augen aufmache, ist die Welt flach, die Auto-Kennzeichen gelb und alle Menschen fahren Fahrrad. Eindeutig die Niederlande. Im Rückspiegel betrachte ich Mamas Gesicht. Ihre Augen leuchten, sie macht beim Witzeerzählen kaum mehr eine Atem-Pause. Sie ist in ihrer Heimat.

Etwa zwanzig Witze später hält sie vor dem Hotel an. Wir sind in Amsterdam und steigen aus dem Bus.

»Komm, Elio, wir bringen unser Gepäck ins Zimmer«, sagt Friedel. »Deine Mutter muss erst einmal ausruhen. Ich könnte nicht so viele Stunden am Stück fahren. Aber sie ist nicht zu bremsen, wenn sie einmal damit angefangen hat.«

»Na, Schatz, wie war die Fahrt für dich?« Mama nimmt mich in den Arm.

»Gut, ich habe viel geschlafen.«

Sie hat Niederländisch gesprochen und mein niederländisches Gehirn hat ihr geantwortet.

Dann sagt sie zu den Omis und Opis: »Richtet euch ein in euren Zimmern und genießt den Tag. Abendessen gibt es um 18 Uhr im Speisesaal. Bis dann werde ich wieder wach sein.« Sie gähnt. »Wie ich mich aufs Schlafen freue.«

Ich zupfe an Mamas Ärmel. »Kaufst du mir hier ein Handy? Ich brauche ganz dringend ein Handy. Man muss nicht lesen können, um ein eigenes Handy zu haben. Biiiittttteeee, Mamilein.«

Ich klimpere mit den Wimpern.

Mama wuselt mir durch die Haare. »Nichts da. Geh mit Friedel und packe deinen Koffer aus.«

Ich stampfe mit dem Fuß und mache mein finsterstes Gesicht.

Mama nimmt mich bei der Hand und wir gehen in die Hotelhalle. Bei der Wand mit den Schlüsseln sitzt Sanne. Ich renne zu ihr. Sie ist noch älter als Friedel und sitzt schon seit immer hier.

»Wenn das nicht mein Elio ist!«, ruft sie und reibt sich die Äuglein. Sanne spricht Amsterdamerisch. An diesen Dialekt muss ich mich immer gewöhnen, wenn ich ankomme. Sie hält eine Stickarbeit auf dem Schoss. »Mein lieber Elio. Kannst du mir den Faden einfädeln? Ich sehe das Nadelöhr nicht recht.«

Ich gehe hinter die Scheibe und fädle ein. Das kann ich. Habe ich von Sanne gelernt. »Setz deine Brille auf. Hier liegt sie.«

Ich halte ihr die Brille hin.

»Nein, nein. Lass mal. Ist das das richtige Grün?«

Ich schaue ihre Stickerei an. Es ist ein Tischtuch mit Lavendelblüten drauf. »Ja, ist gleich wie das.«

»Dann ist ja gut.« Sanne stickt weiter.

»Komm jetzt, Elio«, ruft Friedel.

Wie immer wohne ich mit ihr in einem Zimmer. Wir fahren mit dem Fahrstuhl nach oben.

»Warum hast du so gute Laune? Jetzt siehst du deinen beknackten Ralph doch eine Woche lang nicht.«

Sie strahlt. »Das stimmt nicht. Darum bin ich glücklich, mein Kleiner. Ralph ist auch nach Amsterdam gefahren. Ach, Ralph. Er konnte nicht eine Woche ohne mich sein.«

Am nächsten Morgen beim Frühstück sehe ich Günther.

»Kommst du mit mir zu den Saft-Brüdern? Heute ist kein Ausflug geplant.«

»Lieber nicht.« Ich ziehe Günther etwas zur Seite, damit Mama nicht mithören kann. »Ich muss herausfinden, ob Ada hier ist. Vielleicht können wir wieder Freunde werden.« Ich rudere mit den Armen. »Ich weiß nur nicht wie.«

»Entschuldigen«, flüstert mir Günther ins Ohr. »Das hilft immer.« Er nickt mir zu und verschwindet im Hotelausgang.

»Was willst du heute machen, Elio?«, fragt Friedel.

»Straßenmusiker suchen.«

Friedel nickt. »Ich will auch in die Stadt.«

»Darf ich mit Friedel in die Stadt, Mama?« Ich streichle ihren Arm.

»Ich weiß nicht. Willst du denn auch Straßenmusiker suchen, Friedel?«

Friedel nickt. »Warum nicht. Klingt spannend. Ich weiß nur nicht, wo wir welche finden sollen.«

»In der Nähe des Bahnhofs«, rufe ich.

Mama lächelt. »Da müsst ihr nicht weit gehen. Wir sind in der Nähe des Bahnhofs. Dort spielen immer welche. Oder ihr geht zum Dam. Das ist der zentrale Platz in Amsterdam. Den kennt ihr doch.«

Friedel und ich nicken. Natürlich kennen wir den Dam.

Mama steckt mir ein Portemonnaie hin. »Münzen für die Musiker. Ein einfaches Leben haben die nicht.«

»Danke.« Ich drücke ihr einen Kuss auf die Nasenspitze.

»Ich fülle noch deine Wasserflasche.« Mama rennt in ihr Zimmer hoch.

Bestimmt packt sie mir auch einen Apfel und ein Notfall-Brot in meinen Rucksack.

»Hier, Elio.« Sie hängt mir meinen Reise-Rucksack über die Schultern. »Ich habe dir auch einen Apfel und ein Notfall-Brot eingepackt.«

Friedel und ich ziehen los. Die ersten Musiker finden wir nach wenigen Minuten. Doch ich sehe sofort, dass das nicht Adas Familie ist. Ihre Eltern und Geschwister sind nicht zwei junge Männer mit Gitarren.

Friedel setzt sich auf eine Bank. »So, hier sind Musiker. Hier können wir bleiben.«

Ich verdrehe die Augen. »Ich suche doch nicht irgendwelche Musiker, sondern Adas Familie. Ada kommt erst heute Abend hier an, wenn ich sie richtig verstanden habe.«

»Ach, die kleine Geigerin!«

»Das heißt Cello.«

»Stimmt, Cello. Da hast du recht.« Friedel steht auf. »Gib den Männern eine Münze. Die spielen gut.«

Ich gehe auf den Korb der Musiker zu. Eine Münze halte ich schon in der Hand, aber ich kann sie nicht loslassen. Sie will bei mir bleiben.

Zum Glück merkt Friedel nichts und ich stecke sie wieder ein.

Wir spazieren weiter zu einer Jongleurin, die gleichzeitig auf einem Einrad fährt. Viele Kinder und Eltern stehen um sie herum.

Doch keine Spur von Adas Familie. Ich greife unter mein T-Shirt und drücke Spidy. Ich hätte den Zettel nicht zerreißen sollen. Dann wüsste ich den Namen der Straße, in der das Hausboot ist.

Das Hausboot! Das ist die Lösung! Ein Hausboot ist doch leicht zu finden.

Ich rüttle an der Schulter des Jungen neben mir.

»Wo sind die Hausboote?«, frage ich ihn mit meinem niederländischen Gehirn.

»Die Hausboote?«

»Ja, weißt du. Hier in Amsterdam gibt es Menschen, die wohnen nicht in einem Haus, sondern …«

Der Kleine kichert. »Das weiß ich doch.« Er betrachtet mein Gesicht. »Du siehst komisch aus. Warum hast du Sterne in den Augen? Und du hast große Lippen und kleine Zähne.«

Seine Mutter greift nach seinen Schultern und schaut ihn mit gerunzelter Stirn an. Dann sagt sie mit süßer Stimme: »Hausboote gibt es ganz viele in der Stadt. Weißt du, durch Amsterdam führen viele Kanäle, die haben Wasser. Und auf dem Wasser gibt es Boote.«

Ich höre ihr nicht mehr zu. Schon klar, dass es hier Tausende von Hausbooten gibt. Ich werde Ada nicht finden.

Friedel merkt nichts von meiner Not. »Komm, Elio. Wir machen eine Kanalfahrt. Hast du Lust?«

Ich murre. »Wir machen jedes Mal eine Kanalfahrt, wenn wir hier sind. Darf ich nicht hierbleiben und noch mehr Musiker suchen?«

»Kommt nicht infrage. In dieser Stadt lasse ich dich nicht einmal ein halbes Sekündchen aus den Augen. Schau, da vorne ist ein Ausflugsboot.«

»Also gut.« Wir steigen ein und setzen uns zuhinterst auf eine Bank.

»Jetzt mach doch nicht so ein Gesicht. Wir werden Ada sicher finden.« Sie legt den Arm um mich und ich kuschle mich an sie.

Eine Weile hören wir der Frauenstimme zu, die alles erzählt, was man über Amsterdam wissen muss, zuerst auf Niederländisch, dann auf Englisch. Davon verstehe ich nicht viel, aber immerhin ein paar Wörter. Dann alles noch einmal auf Deutsch.

Nach einer Weile flüstert Friedel: »Können wir nachher den Bahnhof erkunden?«

Ich starre sie an. »Was willst du denn dort?«

»Dort werde ich Ralphs Koffer abholen können. In einem Schließfach.« Sie strahlt übers ganze Gesicht. Dann zeigt sie auf ein Haus. »Hübsch, oder?«

Ich schaue aus dem Fenster und lache. »Da hat jemand drei Häuser aufeinandergesetzt, golden angemalt und Fähnchen drangehängt.« Ich lausche der Stimme, die gerade auf Niederländisch erklärt, dass das ein chinesisches Restaurant-Boot ist und dass es so eins auch in Hongkong gibt. »Das ist cool. Hör mal, Friedel. Chinesisch kann ich auch ein bisschen: Hang chung, Bami-Goreng.«

Friedel lächelt. »Schön, dass du wieder fröhlich bist.«

Ich zucke mit den Schultern und schaue der Kapitänin zu, die ein riesiges Steuerrad hält. Es ist nicht lange her, da war ich Elio, der Kapitän. Und jetzt ist alles vorbei. Von wegen wieder fröhlich. Gar nicht fröhlich bin ich.

Bald ist die Rundfahrt zu Ende und wir steigen aus. Zum Bahnhof ist es nicht weit. Ich betrachte einen Wegweiser. Ich kann zwar nicht lesen, was darauf steht, aber ich kenne das Bahnhof-Zeichen. »Schau, Friedel. Hier steht, dass wir auf dem richtigen Weg sind.«

»Stimmt. Sehr gut.« Sie strahlt übers ganze Gesicht.

Wir erreichen den Bahnhofplatz.

»Hier gibt es auch Straßenkünstler.« Friedel zeigt auf einen Jungen.

Er trägt eine karierte Jacke und spielt auf einem Akkordeon. Er erinnert mich an Ada. Nicht der Junge selbst. Er hat dunkle Haut und schwarze Locken. Aber seine Jacke und sein Hut sehen genauso aus wie Adas Sachen. »Darf ich hier warten?«

Friedel schüttelt den Kopf. »Kommt nicht infrage. Du kommst mit. Es dauert nicht lange. Ich muss nur schauen, wo die Schließfächer sind.«

Ich trotte ihr hinterher und schaue die Schilder vor dem Bahnhofsgebäude an. »Schau, Friedel. Hier sind ein Schrank und ein Schlüssel gezeichnet.«

Friedel blickt hoch. »Tatsächlich, hier müssen wir lang.«

Wir gehen ins Bahnhofsgebäude hinein, an einem Kiosk vorbei und kommen zu einer Schranke. Die Leute gehen dort ein und aus.

Friedel scheucht mich mit einem ihrer Sport-Stöcke voraus. »Steh mal hier an.« Sie stellt sich hinter mich in die Schlange.

Als ich hindurchgehen will, geht die Schranke nicht auf. »Nein, Friedel. Ich will hier weg. Hier sind zu viele Leute.« Ich halte mir die Ohren zu, denn überall dröhnen Stimmen. Meine Superohren halten das nicht aus.

»Brauchst du Hilfe?« Ein Mann mit einer gelben Leuchtweste beugt sich zu mir herunter.

»Ich rede nicht mit Fremden. Lassen Sie mich in Ruhe. Gehen Sie weg.«

Friedel nimmt meine Hand. »Ist schon gut, Elio. Wir müssen da nicht rein.«

»Kann ich etwas für Sie tun?«, fragt der Mann wieder. Dieses Mal auf Deutsch.

»Nein, das ist zu viel für meinen Kleinen. Und wir kommen eh nicht durch. Ich wollte mir nur ein Schließfach suchen.«

»Da brauchen Sie ein Ticket. Aber ich könnte Sie auch durchlassen.« Er zeigt auf eine Karte in seiner Hand.

Ich ziehe Friedel weg. Weg von der Schranke, raus aus dem Bahnhofsgebäude, zurück an die frische Luft. »Du weißt, dass ich so viele Menschen auf einmal nicht mag.«

Wir setzen uns auf eine Bank.

»Was ist denn in dem blöden Koffer?«

»Knut hat sich Krawatten gekauft.«

»Ich komme da nicht mit rein. Geh alleine, wenn du unbedingt die blöden Schließfächer sehen willst.«

Friedel lächelt. Ihre Wangen verwandeln sich von Rosa in Rot. »Aber nur ein halbes Sekündchen. Und du bewegst dich keinen Millimeter.«

Ich schüttle den Kopf. »Bestimmt nicht. Du kannst mich hier festkleben, wenn du willst.«

»Ach, mein Kleiner. Wenn du meinst.« Sie steht auf und geht zurück ins Bahnhofsgebäude.

Bekannte Gesichter

Ich setze mich auf eine Bank neben dem Jungen mit dem Akkordeon. Ich betrachte die Leute, die aus der Bahnhofshalle stürmen. Meine Zähne klappern ein bisschen. Es sind viele Menschen.

Da fallen mir die Haare einer Frau auf. Sie hat damit ein Vogelnest gebaut. Ich schlage mir die Hand auf den Mund. Sie zieht einen blonden Jungen hinter sich her. Das sind Mia und Finn. Meine Güte. Was machen die hier?

Ich stehe auf und schleiche ihnen hinterher. Sie bemerken mich nicht. Mia trällert ein Lied vor sich hin und baut immer wieder einen Hüpfer in ihr Gegehe ein. Ich sehe, dass sich durch Finns T-Shirt sein Lasso abzeichnet. Das beruhigt mich. Im richtigen Moment wird er Knut damit einfangen und verschnüren. Aber ich darf ihn damit nicht alleine lassen. Ich werde ihm hinterherlaufen, bis er Knut gefunden hat.

Aber nein! Was soll das? Mia und Finn steigen in ein Taxi. Darin sitzt eine Fahrerin, die chinesisch aussieht. Sie stellt den Motor an und braust davon.

Ich renne zum nächsten Taxi in der Schlange. »Verfolgen!«

Der Fahrer, der neben der Fahrertür steht, reagiert nicht. Er wischt auf seinem Handy herum. Ich ziehe an seinem Ärmel und zeige auf das Taxi, das wegfährt. Dann renne ich um das Taxi herum und öffne die Beifahrertür.

Der Fahrer tippt sich an die Stirn.

»Ach so«, sage ich und lange in meine Tasche. Ich ziehe ein paar Münzen heraus. »Hinterher. Ich kann bezahlen. Schnell, es geht um Leben und Tod.«

»Hast wohl zu viele Kriminalfilme geschaut. Mach, dass du fortkommst. Sonst rufe ich die Polizei.« Er geht um das Taxi herum und baut sich vor mir auf.

»Es geht um meinen Freund.« Ich schaue zum ersten Taxi, doch es ist weg. »Wenn er von dem gemeinen Knut gefoltert wird, ist das Ihre Schuld.« Ich stampfe mit dem Fuß.

»Geh zur Seite. Du vertreibst die Kundschaft.«

Ich renne los, dem Taxi hinterher. Als mein Herzfehler anfängt zu rasseln, bleibe ich stehen und schaue mich um. Ich habe keine Ahnung, wo das Taxi ist. Und ich weiß nicht, wo ich bin. Durch das T-Shirt drücke ich Spidy an meinen Bauchnabel. Ich setze mich auf eine Bank und heule.

»Hast du deine Eltern verloren?«, fragt eine Frauenstimme.

Ich blicke hoch. Sie trägt ein Baby in einem Tragetuch vor dem Bauch.

Ich schluchze. »Ich muss zum Bahnhof und finde ihn nicht mehr«, sage ich.

Die Frau wippt auf und ab und trommelt dabei auf den Rücken ihres Kindes. »Das ist nicht weit. Du gehst hier die Straße lang. Dann beim Käseladen einmal rechts und dann wieder geradeaus.«

Ich schaue ihrem Finger nach. »Da entlang?«

Sie nickt und hört auf zu wippen. Das Baby wimmert und sie fängt wieder damit an.

»Danke«, sage ich. »Also hier?«

»Genau. Es ist nicht weit. Vierhundert Meter geradeaus und dann rechts. Es ist angeschrieben.« Sie winkt mir zu und wippt mit ihrem Baby davon.

Ich habe keine Ahnung, wie weit vierhundert Meter sind. Es klingt nach viel, aber sie sagt, dass es wenig ist. Ich marschiere los. Das mit dem Geradeausgehen ist einfach. Aber dann? Käseläden gibt es hier so viele wie Kanäle. Ich schaue neben mir ins Wasser. Vielleicht schwimmt da irgendein Chinese. Den muss ich ja auch finden. Aber nein, nichts.

Ich blicke über die Straße und entdecke einen Wegweiser. Ich springe in die Luft. Ich juble. Ich drehe mich einmal um mich selbst. Auf einem der Schilder ist das Bahnhof-Zeichen.

»Superheld Elio hat sich im Dschungel verirrt. Aber er hat wieder herausgefunden!«, rufe ich.

»Elio, was machst du denn hier?« Günther steht in einer knallorangenen Radlerhose vor mir.

»Ich muss zum Bahnhof.«

»Ach, welch ein Glück. Der alte Günther muss auch dorthin. Da können wir zusammen gehen. Ich habe mir eine neue Hose gekauft. Schick, oder?« Er hakt sich bei mir unter. »In welche Richtung?«

Ich zeige zum Wegweiser.

RESTAURANT

Günther wird blass um die Nase. »Du weißt doch. Die kann ich nicht lesen. Ich habe den Weg letztes Jahr geübt. Zweimal links, einmal rechts, dem Kanal entlang, wieder rechts. Doch jetzt ist hier diese Baustelle und ich weiß nicht weiter.«

»Schau dir das Zeichen an. Das musst du dir merken. Dem musst du folgen.«

Günther blickt erst finster auf das Schild. Doch plötzlich lacht er auf. »Du hast recht. Das ist das Bahnhof-Zeichen. Vor lauter Schreck habe ich es gar nicht gesehen.« Er dreht sich einmal mit mir zusammen im Kreis, als würden wir tanzen. Dann schüttelt er mir die Hand. »Danke, Elio. Da fühle ich mich gleich weniger verloren.«

Wir marschieren weiter. Kurze Zeit später taucht das Bahnhofsgebäude auf.

Günther zeigt auf ein Lokal. »Hier sind die Saft-Brüder. Willst du mitkommen? Ich lade dich ein.«

Ich schüttle den Kopf. »Vitamine kann ich jetzt gar nicht brauchen. Ich muss zu Friedel.« Ich winke ihm zu und schaue mich auf dem Platz um. Wo vorher der Junge mit der karierten Jacke stand, spielt jetzt eine Gruppe von Leuten. Mehr als fünf, das sehe ich auf einen Blick. Ich gehe näher. Krass, einer von ihnen ist der Junge von vorher. Dann erkenne ich eine weiße Frau, einen dunkelhäutigen Mann, ein Mädchen und mehrere Jungs. Die zwei größten und das Mädchen haben helle Haut wie die Frau. Ich betrachte sie der Reihe nach. Bei Musikern darf man das ja, ungestört schauen, bis man sie von oben bis unten gesehen hat. Sie alle tragen diese karierten, roten Jacken. Die meisten haben ein Instrument in der Hand oder vor sich auf dem Boden. Die Frau bläst in ein Rohr und pumpt ein Kissen auf und ab. Dann fangen sie an zu singen. Alle gleichzeitig, aber verschiedene Melodien. Deutsch erkennt mein Gehirn. Ich schlage mir die Hand auf den Mund. Das muss Adas Familie sein.

Ich renne zu ihnen. »Hallo, ich heiße Elio!«

Sie lassen ihre Instrumente sinken.

»Ich bin ein Freund von Ada. Vielleicht bin ich auch nicht ihr Freund. Wir kennen uns noch nicht lange und wir haben gestritten. Das tut mir sehr leid. Ich war wütend auf sie. Aber von ihr habe ich gelernt, dass ich reden kann. Ich will mich bei ihr entschuldigen. Ist sie bei euch?« Ich schnappe nach Luft. Denn das mit dem Atmen habe ich beim Reden vergessen.

»Wie schön, dich kennenzulernen«, sagt die Frau. »Ich bin Regina.« Sie streckt mir die Hand hin und ich schüttle sie. Dann muss ich eine Hand nach der andern schütteln und weitere Namen sausen durch meine Gehirne.

Ich starre die Gruppe an. »Ihr könnt reden?«

Regina lächelt. »Was meinst du?«

Ich zucke mit den Schultern. »Ich dachte, dass man das bei euch mit dem Tablet macht. Wo ist Ada?«

»Wir warten auf sie«, sagt jetzt der Mann. »Sie sollte mit dem nächsten Zug ankommen.«

Mein Herz hüpft und meine Beine machen dabei mit. »Sie kommt! Sie kommt! Können Sie ihr ausrichten, dass ich blöd war, dass es mir leidtut, dass sie mir verzeihen soll und dass ich sie unbedingt sehen muss?«

»Klar, aber du kannst auch hier auf sie warten. Sie sollte gleich kommen«, sagt Regina. Sie gleicht Ada. Nur sind ihre Haare länger und verfilzt. Mama würde toben, wenn meine Haare so filzig wären.

»Nein, nein. Ich muss auf der Bank dort drüben auf meine Tante warten. Ich darf nicht von dort weg. Ich muss dort sitzen wie angeklebt.«

»Aha«, sagt Regina.

»Denk dran, Ada alles auszurichten, Wort für Wort.«

»Mach ich.« Sie greift in ihre Tasche und kritzelt etwas auf einen Zettel. »Hier ist die Adresse unseres Hausbootes.«

»Dort wohnt ihr«, sage ich und lache.

»Genau.« Sie zerknüllt den Zettel. »Dann weißt du Bescheid.«

»Nein, nicht den Zettel kaputtmachen. Ich brauche ihn. Ganz dringend sogar. Zettel sind eine gute Sache. Bitte gib ihn mir.«

Regina faltet ihn wieder auseinander und ich stecke ihn in meine Tasche.

»Danke«, sage ich und renne zu der Bank. Dort setze ich mich hin wie festgeklebt.

Ich muss nicht lange warten, bis Friedel kommt.

»Elio, guter Junge. Es tut mir leid, dass ich so lange gebraucht habe.« Friedels Augen leuchten und ihre Wangen sind wieder rosa wie Himbeerpudding. Sie schnauft und setzt sich neben mich. »Hast du schön brav hier gewartet?«

Ich nicke. »Sehr brav.«

»Das ist gut. Ich bin müde. Wir fahren mit dem Taxi zurück ins Hotel.« Sie schaut sich um. »Ich hätte nicht gedacht, dass dieser Bahnhof solch ein beliebtes Ausflugsziel ist.«

»Wie meinst du das?«

»In der Bahnhofshalle habe ich Ursula gesehen. Diese dürre Schnepfe. Diese unverschämte Kuh. Ich habe sie beobachtet. Darum hat es ein Sekündchen länger gedauert.« Sie steht auf und marschiert zum ersten Taxi in der Reihe und nennt der Fahrerin die Adresse unseres Hotels.

Es ist die Chinesin, die Mia und Finn gefahren hat. »Hotel Leonardo«, murmelt sie. »Interessant.«

Wir steigen ein und Friedels Handy piepst. Sie liest die Nachricht und kriegt ihre Ralph-Flecken.

»Was will er dieses Mal?«

Sie hüstelt. »Er ist in Amsterdam angekommen. Er will mich treffen. Ach, Ralph. Ach, Elio. Das Leben ist wunderbar.«

Ich sehe, wie die Fahrerin uns im Rückspiegel beobachtet.

Abmeldungen

Alle sind schon im Speisesaal, als wir ankommen. Ich lasse mich auf den Stuhl neben Mama plumpsen und kuschle mich an sie.

»Na, mein Schatz, habt ihr Straßenmusiker gesehen?«

Ich nicke. »Sogar eine Familie aus unserer Stadt.«

»Echt?« Mama schaufelt sich Pommes in den Mund, die mit scharfer Soße beschmiert sind.

»Ja, ein Mann, eine Frau und verschiedene Kinder.«

Mama lacht. »Das haben Kinder so an sich, dass sie verschieden sind. Bei Benedict, Fausto und dir ist es nicht anders.«

»Das meine ich nicht. Sie haben verschiedene Farben.«

»Haben sie sich für ihren Auftritt geschminkt?«

»Nein, die Hautfarbe. Die Mutter ist weiß, der Vater dunkelbraun und die Kinder zum Teil weiß und zum Teil braun. Weißt du, was ich meine?«

Mama nickt. »Dann sind vielleicht nicht alles Geschwister. Oder ein paar haben einen anderen Vater.«

»Das wird es sein. Darf ich sie morgen auf ihrem Hausboot besuchen, noch vor dem Frühstück? Weil nachher sind sie am Musizieren in ihrer Straße und ich möchte so gern Ada treffen.«

»Ada?« Mama putzt mit einem Stück Brot den letzten Rest Soße vom Teller und bestellt sich neue Pommes. »Wer ist Ada?«

»Das Mädchen, das bei uns vor dem Warenhaus Cello spielt. Sie ist nett.«

»Das geht nicht«, sagt Mama. »Wir fahren morgen zum Strand nach Zandvoort und dann zum Blumenmarkt. Du magst doch das Meer.«

»Ich mag gar kein Meer. Das Meer ist langweilig und blöd. Die Omis und Opis wollen dort im Café sitzen und den Möwen beim Würmerfressen zuschauen. Mama, ich bin elf. Das interessiert mich nicht mehr. Ich will zu Ada und sonst gar nichts!«

»Ach, Schatz.« Mama reibt sich die Augen. »Wie soll das denn gehen?«

Ich knalle ihr Reginas Zettel vor die Nase. »Da steht drauf, wie das geht.«

Mama liest. »Ach, das ist gar nicht weit von hier. Wie hübsch. Ich würde auch gern einmal auf einem Hausboot wohnen.«

»Bringst du mich morgen früh dorthin? Bitte!« Ich probiere meinen Dackel-Blick.

»Also gut, ich komme um halb sieben in dein Zimmer. Wenn du sofort aufstehst, mit mir zur Dusche kommst, dir die Haare waschen lässt, ohne einen Mucks zu sagen …«

»Keinen einzigen! Ich verspreche es dir. Du darfst mir auch die Zehennägel schneiden, wenn du willst.« Ich kichere. »Du wirst keine Freude haben an Adas Mutter. Die wäscht sich ihre Haare nie. Die sind völlig zerzaust. Aber ich werde morgen brav sein. Wenn du willst, mache ich auch einen Scheitel.«

Mama lacht. »Es muss dir ernst sein.«

»Ja, großes Superhelden-Ehrenwort.«

»Also gut. Ich hoffe, du erinnerst dich morgen daran, wenn ich dich wecke. Wir können zu Fuß hin. Das dauert zehn Minuten. Wir besuchen zusammen diese Ada und dann fahren wir ans Meer.«

Ich springe auf Mamas Schoss und schmatze ihr Gesicht mit Küssen voll. »Vielleicht ist Meer doch gut. Dort schwimmt vielleicht ein Chinese, oder? In den Kanälen habe ich noch keinen gesehen.«

Da tippt Martin auf Mamas Schulter. »Entschuldige, Viola, ich würde mich gern, wenn das geht und es dir recht ist und wirklich nichts ausmacht, abmelden für morgen.«

Mama hebt erstaunt den Kopf.

»Der Ausflug zum Strand und der Blumenmarkt sind doch immer das große Erlebnis für dich.«

Ein zartes Rosa breitet sich um seine Nase aus. »Ja, schon. Aber, die Liebe, die Liebe.«

Mama lächelt. »Klar, schon verstanden. Gegen die Liebe haben nicht einmal Blumen eine Chance.«

Martin wiegt den Kopf. Dann sagt er: »Du bringst mich auf eine Idee. Kannst du mir einen Strauß vom Markt mitbringen?« Er greift in sein Jackett und zieht fünfzig Euro aus der Tasche.

»Damit werde ich viele Blumen kaufen können.«

Martin lächelt. »Ja, sehr viele sollen es sein. Ein Meer von Blumen. Dann habe ich beides.« Er lacht. »Meer und Blumen.«

Mama legt ihre Hand auf seine. »Das mache ich gern für dich. Hast du in Amsterdam einen Liebsten gefunden?«

Er antwortet nicht, sondern wiegt den Kopf hin und her und trottet davon.

»Viola.« Friedel kommt zu unserem Tisch und lässt sich neben Mama und mir nieder. »Ich komme morgen nicht mit. Ich mache einen Schönheitstag. Und ich habe noch einen Wunsch.« Sie hält Mama 20 Euro hin. »Kannst du mir Blumen vom Markt mitbringen? Direkt vom Markt sind sie am frischesten, finde ich. Etwas Romantisches in Pink und Weiß. Geht das?«

»Wird gemacht.« Sie gibt Friedel das Geld zurück. »Aber die schenke ich dir.«

Friedel strahlt. »Danke, Viola, danke.« Sie steht auf und setzt sich zurück zu Günther.

Da kommt Ursula und tippt Mama auf die Schulter.

Mama zuckt zusammen und kleckert sich mit Soße voll. »Mensch, das ist mein liebstes T-Shirt. Nun ist es dreckig. Was mache ich jetzt?« Sie dreht sich um und versucht, den Fleck mit einer Serviette wegzuwischen. Doch sie verteilt ihn nur noch mehr. »Ursula! Du hast mich erschreckt.«

»Du hast da einen Fleck. Du solltest dich sauber anziehen.« Ursula rümpft die Nase. »Es ist wegen morgen. Weißt du. Meer. Blumenmarkt.« Sie sagt diese Wörter, wie man Fußpilz oder Durchfall sagt.

»Willst du morgen im Hotel bleiben und ich soll dir Blumen von unserem Ausflug mitbringen?«

Ursula bleibt einen Moment lang der Mund offenstehen.

»Genau. Aber woher weißt du das?«

Mama lächelt, sagt aber nur: »Was für Blumen möchtest du denn? Etwas Romantisches oder eher schlicht?«

»Beides, bitte. Beides. Ich hätte gern eine einzelne Rose. Rot, bitte.« Sie legt die Stirn in Falten. »Oder rosa? Was findest du schlicht-romantischer?«

Mama überlegt. Das Tempo, mit dem die Pommes von ihrem Teller verschwinden, wird langsamer. »Rosa«, sagt sie schließlich.

Ursula nickt und zieht eine Münze aus ihrer Rocktasche. »Zwei Euro müssten reichen, oder? Vielleicht findest du eine zum halben Preis. Manchmal gibt es das, wenn die Blumen krumm gewachsen sind oder nicht mehr ganz frisch sind.«

»Wird gemacht. Romantisch-verbilligt für dich.«

Ursula klatscht in die Hände. »Du bist die Beste.« Sie geht zurück zu ihrem Platz.

»Und du? Willst du noch etwas essen?«

»Nein, und Blumen brauche ich auch keine.«

Mama lacht. »Da bin ich froh. Keine Ahnung, was hier gerade läuft.«

Ich zucke mit den Schultern, obwohl ich sehr wohl eine Ahnung habe.

Friedel walkt mit ihren Stöcken zu uns. »Ich bin müde. Ich geh ins Bett.«

»Ich will auch ins Bett«, sage ich. »Ich habe nämlich für morgen etwas geplant.«

Friedel schaut mich an. »Was denn?«

»Ich werde mit Mama Ada besuchen, auf dem Hausboot.«

»Ach, die kleine Geigerin. Schön.«

»Mann, Friedel, das heißt Cello.«

Ich umarme Mama. »Wenn ich nicht einschlafen kann, breche ich in dein Zimmer ein und krieche zu dir ins Bett.«

»Mach das, Süßer. Ich muss erst mal mein T-Shirt waschen, damit ich es morgen wieder anziehen kann.«

Wir fahren mit dem Lift in den dritten Stock, steigen aus und Friedel schließt unsere Tür auf.

Aus einem Zimmer weiter den Gang hinunter höre ich eine Frauenstimme und dann eine Kinderstimme. Ich stutze eine Sekunde. Irre ich mich oder reden die Schweizerdeutsch? Ich befrage meine Gehirne und die finden das auch.

Friedel hilft mir beim Zähneputzen. Dann ziehe ich den Pyjama an und lege mich ins Bett.

»Ich bin im Bad«, zwitschert Friedel.

»Klar, lass dir Zeit. Von mir aus kannst du die ganze Nacht mit deinem Ralph plaudern.« Ich mache die Augen zu und höre sie kichern. Ich seufze. Ursula kommt mir wieder in den Sinn. Soll ich es Friedel sagen? Dass dieser Ralph noch eine Freundin hat? Ich werde morgen Ada fragen. Sie wird wissen, was zu tun ist. So vieles muss ich mit ihr besprechen. Kurz bevor ich einschlafe, höre ich aus dem Badezimmer: »Ach, Ralph.«

Das schwimmende Haus

Am nächsten Morgen springe ich sofort aus dem Bett, als Mama mich weckt. Sie darf mir beim Duschen helfen.

Das ist nicht immer so. Ehrlich gesagt, ziehe ich mir meistens die Decke über den Kopf, wenn sie am frühen Morgen an meiner Schulter rüttelt. Dann sage ich, dass ich auf keinen Fall mitten in der Nacht aufstehen kann. Ich presse die Augen zu, klammere mich am Bett fest, schreie und schlage um mich. Und so geht das weiter, bis Mama und ich nach dem Duschen beide so müde sind, dass wir gleich wieder ins Bett fallen könnten. Wo ich ja bleiben wollte! Aber an solchen Tagen muss ich in die Schule oder zur Kontrolle ins Krankenhaus. Heute ist das etwas anderes.

»Mein großer Junge«, sagt Mama, als ich sauber, mit perfektem Scheitel und gepacktem Rucksack vor ihr stehe. »Also los. Ich bin schon gespannt darauf, deine Freundin kennenzulernen.«

»Gibst du mir einen Zettel?«, frage ich.

»Wie meinst du das?«

»Einen Notfall-Zettel mit der Adresse dieses Hotels.«

»Elio!« Sie schaut mir in die Augen. »Was hast du vor?«

»Nichts. Aber Zettel sind praktisch. Es ist blöd, wenn ich nicht sagen kann, wo ich wohne. Die Leute fragen und ich kann ihnen nicht antworten. Adas Mama hat mir auch einen Zettel gegeben. Könntest du mich zu ihr bringen, wenn ich dir sagen würde: In irgendeinem Hausboot in irgendeinem Amsterdam möchte ich mich mit irgendeiner Ada treffen?«

Jetzt lächelt Mama. »Also gut, wenn du meinst. Ich dachte nur wegen des Lesens. Du weißt schon.«

»Natürlich weiß ich das. Aber ich kann reden. Das können nicht alle.«

Mama schreibt die Adresse auf einen Zettel und streckt ihn mir zu. »Hier, bitte.«

»Danke.« Ich verstaue ihn sorgfältig in der Außentasche meines Rucksacks.

Wir fahren mit dem Fahrstuhl hinunter. Die Straße ist fast leer. Nur ein Müllwagen fährt langsam vorbei.

»Hast du gefragt, ob du mit der Familie frühstücken darfst?«

Ich schüttle den Kopf.

»Komm, dann kauf ich noch einen Happen.« Wir gehen zusammen in eine Bäckerei und Mama kauft Brötchen in den verschiedensten Formen und Farben.

»Danke«, sage ich, als wir wieder draußen sind. »Aber die kann ich unmöglich alle essen.« Ich greife in die Tüte und ziehe eines mit Schokostücken heraus.

»Halt, stopp. Die sind nicht alle für dich, die nimmst du mit aufs Hausboot. Der beliebteste Besuch am frühen Morgen ist der mit den Brötchen.«

Ich stecke das Schokobrötchen zurück, zuunterst in die Tüte. Dort wird es niemand anders finden und mir wegessen.

Wir gehen an einem Kanal entlang. Da stehen viele Hausboote. »Das ist krass ohne Ende. Aber wie finden wir das richtige Boot? Haben die Hausnummern?«

»Nein, Bootsnummern«, sagt Mama und zeigt auf eines der größten Boote.

Das sieht richtig aus. Mit so vielen Kindern kann man nicht in einem kleinen Kahn wohnen. Der Steg ist vollgestellt mit Töpfen, in denen Sträucher und Blumen blühen.

Ich greife nach Mamas Hand. Sie drückt auf die Klingel und ich halte die Luft an. Eine Weile passiert gar nichts. Dann höre ich Schritte. Die Tür geht auf. Regina steht dort. Verschlafen blinzelt sie uns an. »Hallo Elio«, sagt sie.

Mama stupst mich an und tippt auf die Tüte.

»Ich habe Frühstück mitgebracht«, sage ich.

Regina nickt. »Das ist nett, danke.« Sie streckt Mama die Hand hin. »Ich bin Regina, schön dich kennenzulernen.«

»Freut mich auch. Ich bin Viola«, antwortet Mama und schüttelt die Hand. »Elio möchte gern zu Ada. Aber nur, wenn es dir passt.«

Ada kommt zur Tür. Mein Herzfehler macht kleine Hüpfer und ich falle ihr um den Hals. »Du bist in Amsterdam! Ich freue mich so.«

Mama hebt die Augenbrauen. »War das nicht sicher?«

»Doch, doch«, murmle ich durch Adas Haare hindurch. »Ich war nur plötzlich unsicher.«

Ada drückt mich an sich und alle Angst löst sich auf.

»Willst du mit reinkommen?«, fragt Regina Mama.

»Ich weiß nicht. Ich hätte eine Stunde Zeit.«

Regina lächelt. »Weißt du was? Dann gehen wir zusammen Kaffee trinken. Gleich da drüben gibt es ein nettes Café. Dann kann die Jugend in Ruhe plaudern und den Frühstückstisch decken. In einer Stunde holst du Elio wieder ab.«

Mama lächelt. »Ein bisschen Mütter-Geplauder?«

Regina nickt. Sie verschwindet in einem Zimmer, dann kommt sie zurück und hakt sich bei Mama unter.

»Gleich da drüben?«

»Genau.«

Die beiden verschwinden und ich bin mit Ada allein. Wir gehen in die Küche. »Krass, ein schwimmendes Haus.« Ich schaue durch ein rundes Fenster und sehe, dass wir auf der Seite des Bootes sind, die zum Wasser zeigt. Das ist alles, was ich im ersten Moment sehe. Doch schon beim zweiten Blick erkenne ich auf der anderen Seite des Kanals eine weitere Reihe mit Booten. »Also.« Ich atme tief ein und aus. »Ich bringe das mit dem Entschuldigen jetzt hinter mich. Entschuldige, Ada. Ich war blöd. Das tut mir leid.«

Ada lächelt.

»Bist du sauer auf mich?«, frage ich.

Sie schüttelt den Kopf.

»Sind wir noch Freunde?«

Sie nickt und ich falle ihr um den Hals.

»Gut, dann können wir weiter an unserem Fall arbeiten. Finn und Mia sind auch in Amsterdam. Ich habe sie am Bahnhof gesehen, an dem Abend, an dem auch du angekommen bist.«

Ada holt ihr Tablet und tippt: »INTERESSANT, KONNTEST DU SIE BELAUSCHEN?«

Ich schüttle den Kopf.

Ada stellt eine Menge Teller auf den Tisch.

Ich lege die Brötchen dazu. »Und Ralph hat noch eine andere alte Frau mit Hormonen.«

Ada runzelt die Stirn.

»Stell dir vor. Ich habe im Bus gehört, dass auch Ursula für ihn beim Bahnhof einen Koffer abholen soll.«

»WAS WOLLEN DIE IN DIE SCHWEIZ SCHAFFEN?«, fragt Adas Tablet.

»Krawatten.« Ada sperrt den Mund auf und ich fange an zu kichern. »Echt wahr. Und Friedel wollte mit mir zum Bahnhof fahren. Sie hat gesagt, dass Ralph den Koffer dort in ein Schließfach sperren wird.« Ich schaue zu, wie Ada Messer und Löffel auf den Tisch legt. »Sag mal, der Mann gestern ist nicht dein Vater, oder? Und die anderen Kinder, sind das deine Geschwister?«

»EINIGE VON UNS HABEN ANDERE VÄTER«, tippt sie. »ABER MAMA IST DIE MAMA VON UNS ALLEN.«

Wir plaudern noch eine Weile. Dann kommen Mama und Regina zurück.

»So, Elio, dann gehen wir wieder ins Hotel.«

»Nein, Mama. Ich habe mein Schokobrötchen noch nicht gegessen. Darf ich bei Ada bleiben?«

»Kommt nicht infrage. Du wolltest doch mitkommen zum Strand und ich kann dich nicht allein lassen.«

»Gar nicht allein«, murre ich.

Regina zieht Mama in ein Zimmer. Ich höre die beiden reden, aber ich verstehe kein Wort.

Nach einer Weile kommen sie wieder hinaus.

»Also gut«, sagt Mama. »Du darfst noch eine Weile bleiben. Regina bringt dich nachher zu Friedel ins Hotel. Die ist in ihrem Zimmer und macht ihren Schönheitsschlaf.«

Ich falle Mama um den Hals. »Danke, Mamilein. Du bist die Beste.« Ich winke ihr nach.

Endlich kommt der Rest der Familie. Wir frühstücken und mein Schokobrötchen schmeckt bombastisch. Dann gibt mir Regina ein kariertes Jackett und einen Hut und wir marschieren los.

Ich tanze um die Gruppe herum. Noch immer habe ich nicht herausgefunden, wie viele Geschwister und Halbgeschwister Ada hat.

»Ein wunderbarer Tag«, sagt Regina und nimmt ihren Mann bei der Hand. »Amsterdam ist schön. Gefällt es dir auch, Sevana?«

Er nickt. »Ja, ein toller Sommer. Ich will gar nicht daran denken, dass das Semester bald wieder beginnt.«

Bei einer Straßenecke bleiben wir stehen. Instrumente werden ausgepackt und gestimmt. Einer von Adas Brüdern stellt einen Hut auf die Straße.

»Was soll ich machen, wenn ihr spielt?«, frage ich Regina.

»Kannst du Kunststücke? Oder singen?«

»Klar, kann ich das.« Ich wickle das Lasso vom Bauch und fange damit Spidy. Dann singe ich »Alle meine Entchen« und schneide Grimassen.

Regina und Sevana sehen mir zu, ohne mich zu unterbrechen.

Doch Sevana schüttelt den Kopf. »Das passt nicht in unser Programm. Du kannst Geld einsammeln.«

Ich drücke meine Kuschelspinne an mich und setze mich auf die Bordsteinkante. Ich presse die Lippen nicht absichtlich zusammen, ich bin wirklich enttäuscht.

Ada setzt sich neben mich und tippt: »WIR ALLE MUSSTEN MIT GELD EINZIEHEN ANFANGEN. DAS IST NICHT SCHLECHT.«

»Echt, sogar du? Du spielst doch so gut Cello.«

Sie nickt.

»Stört es deine Familie, dass du nicht singst?«

Sie schüttelt den Kopf und tippt: »FRÜHER HABE ICH MITGESUNGEN. IN DER GRUPPE GEHT SINGEN GANZ GUT. ABER JETZT MAG ICH DIE LIEDER NICHT MEHR. ICH WILL, DASS SIE MEINE TEXTE HÖREN. ICH HABE SO VIEL ZU SAGEN.«

»Was? Früher hast du mitgesungen?«

Ada zuckt mit den Schultern und setzt sich zu ihrer Familie.

Auf Reginas Zeichen beginnt das erste Lied.

Ich stelle mich daneben und jongliere unsichtbare Bälle dazu. Regina mag sagen, was sie will. Viele Leute bleiben stehen und schauen mir zu. Ich bin zu mehr nütze, als zum Geld einsammeln.

Als das erste Lied zu Ende ist, nehme ich den Hut und mache die Runde. Ich verbeuge mich und bedanke mich mit meinem niederländischen Gehirn.

Ein Mann mit einer ähnlichen Frisur wie Papa lächelt mir zu und sagt: »Ich habe auch einen Sohn, so einen wie dich. Er arbeitet in einer Werkstatt. So schön, dass du Straßenkünstler bist.«

Ich bleibe mit dem Hut länger vor ihm stehen als vor den andern. Wenn er einen Sohn hat wie mich, dann muss er wissen, dass solche Söhne viel Geld brauchen. Tatsächlich gibt er mir eine weitere Münze.

So arbeiten wir eine Stunde, bis Sevana eine Wasserflasche in die Höhe hält. Alle legen ihre Instrumente nieder und wir machen eine Trinkpause.

Regina zählt das Geld. »Unglaublich! Wenn du einsammelst, Elio, verdienen wir mehr als sonst. Du bist ein Naturtalent.«

»Ja, das bin ich. Aber ihr seid auch nicht schlecht.« Ich streiche über ein Instrument mit Röhren.

»Das ist ein Dudelsack«, sagt Regina.

Dann fällt mein Blick auf Ada, die abseits sitzt. Ihre Lippen sind schmale Striche, ihre Augen lächeln nicht.

Ich setze mich zu ihr und raune ihr ins Ohr: »Hast du meine heimlichen Kunststücke gesehen?«

Sie nickt und tippt in ihr Gerät: »SIE SIND LÄCHERLICH. DU MACHST DICH ZUM AFFEN.«

»Ich bin kein Affe. Du bist nur neidisch. Mit mir verdient ihr mehr Geld.«

Regina kommt zu uns und Ada tippt: »MIR IST LANGWEILIG. DARF ICH MIR EINE EIGENE STRASSE SUCHEN?«

Ihre Mutter seufzt. »Ist nicht dein Ding, in der Gruppe zu spielen, oder?«

Ada nickt.

»Na gut.« Sie schaut zu mir. »Was willst du, Elio? Bleibst du unser Geldeintreiber oder soll ich dich ins Hotel bringen?«

»Nein, ich will mit Ada mitgehen.«

Regina schüttelt den Kopf. »Ich habe deiner Mutter versprochen, dass ich dich zurückbringe, wenn du nicht mehr bei mir bist.«

Ich stampfe mit dem Fuß. »Das ist fies. Ich will bei Ada sein.«

Ada zieht ihre Mutter am Ärmel. Die beiden setzen sich etwas abseits auf eine Bank. Sie reden miteinander.

Ich verstehe kein Wort, aber ich höre den Klang von Adas Stimme. Sie spricht. Ich will zu ihr rennen, doch Sevana hält mich zurück. »Lass sie einen Moment.«

Ich tue, was er sagt, kann aber nicht aufhören, Ada und Regina anzustarren.

Endlich sind sie fertig und kommen zurück.

»Ich bringe euch zu deiner Tante, Elio. Wenn sie einverstanden ist, bleibt Ada auch dort.«

»Ada, du kannst reden. Ich habe es gesehen. Was soll das?«

Sevana legt seine Hand auf meine Schulter. Ich blicke zu ihm hoch. Er sagt nichts, doch es ist schön, in seine Augen zu schauen.

»Kommt«, sagt Regina. »Viola hat gesagt, dass es nicht weit ist. Ich bin nicht sicher, welche Straße es ist.«

Ich ziehe Mamas Zettel aus der Tasche. »Hier ist es.«

Regina strahlt. »Super. Danke.«

Neue Lieder und mehr Verliebte

Wir fahren mit dem Lift in den dritten Stock hinauf und ich klopfe an unsere Zimmertür.

»Herein!« Friedel liegt auf dem Bett. Ihre Haare sind auf Lockenwickler gedreht. Ihr Gesicht ist mit Gurkenscheiben belegt.

Ich kichere. »Spielst du Sandwich?«

Regina räuspert sich. »Hallo, ich bin Regina. Darf Ada bei Elio bleiben?«

Friedel reißt die Augen auf. »Oh, entschuldigen Sie.«

»Nein, kein Problem. Bleiben Sie liegen.«

»Ich mache einen Schönheitstag. Nichts Spannendes. Aber wenn die kleine Geigenspielerin hierbleiben will. Von mir aus gerne.«

Regina verabschiedet sich.

Ich ziehe Ada ins Badezimmer. »Du bist so gemein. So macht Straßenmusik keinen Spaß. Ich will auch Künstler sein.«

»WENN DU KÜNSTLER SEIN WILLST, DANN LERNE EINE KUNST. JETZT GAFFEN DIE LEUTE DICH NUR AN, WEIL DU ANDERS AUSSIEHST ALS DIE ANDERN. ENDLICH DÜRFEN SIE EINEN BEHINDERTEN ANGAFFEN. DARUM GEHT ES DOCH.«

Ich drücke Spidy an meine Nase. »Mama sagt, dass man das nicht zu mir sagen darf.«

»DU HAST ABER EINE BEHINDERUNG«, tippt sie. »UND ICH AUCH.«

»Was hast du? Du hast mir ins Ohr geflüstert. Mit deiner Mutter hast du geredet. Was soll das? Stotterst du? Ich habe einmal im Fernsehen einen Mann gesehen, der stottert. Der konnte nur singend sprechen. Bist du auch so?« Ada schüttelt den Kopf. »Du musst mir das erklären. Ich soll eine Kunst lernen, aber du kannst machen, was du willst. Warum sagst du mir nicht, was du hast?«

Ada tippt etwas auf ihr Tablet. Sie schreibt lange.

Ich kann meine Füße nicht stillhalten und gehe im Badezimmer auf und ab.

Endlich drückt sie die Sprachausgabetaste. »FRÜHER HABE ICH VIEL GEREDET. IN DER FAMILIE HABEN MICH ALLE VERSTANDEN. ICH WUSSTE GAR NICHT, DASS ICH ANDERS REDE ALS DIE ANDERN. ALS ICH IN DIE SCHULE KAM, WAREN WIR IN ITALIEN. MAMA HAT DORT AN DER UNI GELEHRT. ICH BIN IN EINE KLASSE GEKOMMEN. ICH HABE NIEMANDEN VERSTANDEN. UND NIEMAND HAT MICH VERSTANDEN. DA HABE ICH AUFGEHÖRT, IN DER SCHULE ZU REDEN.«

Ich schüttle ihren Arm. »Das ist ganz einfach. Dort redet man Italienisch. Du hast nicht falsch geredet. Du konntest einfach nicht Italienisch. Ich kann ein paar Wörter. Ich bringe sie dir bei. Hör mal: Spagetti, Cappuccino, Mamma mia. Verstehst du?«

Ada sagt nichts.

»Willst du Spidy halten? Das hilft, wenn man traurig ist.«

Sie nickt und streichelt meine Spinne.

»Willst du deshalb nicht mit deiner Familie spielen?«

»NEIN, DAS IST ETWAS ANDERES. MIT IHNEN SINGEN KÖNNTE ICH SCHON. ABER IHRE LIEDER SIND LANGWEILIG. ICH WILL, DASS DIE LEUTE MEINE TEXTE HÖREN. IN MEINER FAMILIE INTERESSIERT ES NIEMANDEN, DASS ICH DICHTE.«

»Hast du deinen Rekorder dabei?«

Sie zeigt auf ihren Rucksack.

»Also, ab zum Bahnhof, dann kannst du das gleiche Programm machen wie zu Hause.« Ich springe auf. »Friedel kommt sicher mit. Sie mag diesen Bahnhof.«

Ada bleibt sitzen und tippt: »HIER VERSTEHT DAS NIEMAND. DIE TEXTE SIND AUF DEUTSCH.«

»Lass sie auf Niederländisch laufen!«

Ada lacht, wird aber sofort wieder ernst. »ICH HABE EINE ÜBERSETZUNGSAPP«, tippt sie. »DOCH DIE ÜBERSETZT MANCHMAL FALSCH. DAS WÜRDE ICH GAR NICHT MERKEN.«

»Aber ich. Versuch es.«

»DU KANNST NIEDERLÄNDISCH?«

Ich nicke und haue mir auf die Oberschenkel. »Meine Mama ist Niederländerin. Das ist einfach. Aber übersetzen kann ich leider nicht. Sobald ich damit anfange, vergesse ich, was ich sagen soll, und dann gerät in meinem Kopf alles durcheinander.«

»MUSST DU NICHT. SAG MIR EINFACH, OB ES RICHTIG KLINGT.« Sie arbeitet eine Weile mit ihrem Tablet, stellt ihren Rekorder auf, lässt ein Lied laufen. Und es kommt Niederländisch raus! »IN MEINEM SILO BIN ICH GLÜCKLICH. DA KANN ICH DIE SEIN, DIE ICH SEIN WILL. NIEMAND LACHT ÜBER MICH. ICH BEKÄMPFE PIRATEN UND BESIEGE MONSTER. ICH TANZE UNTER DEM STERNENHIMMEL UND SINGE DER NACHTIGALL EIN LIED. IN MEINER WELT DARF JEDER SEIN, WIE ER IST. JEMAND SINGT, JEMAND TANZT, JEMAND SITZT UNTER DEN STERNEN UND TRÄUMT.«

»Das ist schön. Ada, hast du das geschrieben? Singst du in der Nacht, wenn du allein bist?«

»REDE BITTE DEUTSCH MIT MIR«, tippt sie.

»Entschuldige. Ist es jetzt richtig?«

Sie nickt.

»Ich möchte dich gern singen hören in der Nacht unter den Sternen.«

Sie schüttelt den Kopf. »STIMMT DER TEXT?«

»Ja, alles richtig. Lass mich weiterhören.«

So überprüfen wir bestimmt eine halbe Stunde lang ihre Lieder. Gewisse Zeilen klingen lustig. Einmal sagt ihr Tablet: »ICH SEGLE IN DAS MEER.«

»Das kann man nicht sagen.«

»AUF DEUTSCH, BITTE.«

Alles dreht sich in meinem Kopf. »Das ist zu schwierig für mich. Ich kann das nicht. Ich bin bloß ein blöder Behinderter!«

Sie legt mir die Hand auf die Schulter. Ich wische sie weg, bleibe aber sitzen. »NICHT SCHLIMM. ICH STREICHE DEN SATZ. ABER DEN REST KANN ICH LAUFEN LASSEN? DANKE, ELIO. KOMM, WIR GEHEN ZUM BAHNHOF.«

Ich nicke, stehe aber nicht auf. »Du hast gesagt, dass ich mich zum Affen mache. Was heißt das?«

»DAS BEDEUTET, DASS DIE LEUTE NICHT ÜBER DEINE KUNST LACHEN, SONDERN ÜBER DICH.«

Tränen schießen mir in die Augen. »Sie lachen mich aus?«

Ada zuckt mit den Schultern. »IRGENDWIE SCHON.«

Ich putze mir die Nase. »Was soll ich denn tun? Ich will dir nicht nur zuschauen. Ich will Geld verdienen für ein Handy.«

Ada seufzt. »STIMMT, WIR BRAUCHEN EINE AUFGABE FÜR DICH. DEINE SINGSTIMME IST NICHT SCHLECHT. ABER ›ALLE MEINE ENTLEIN‹ IST ALBERN.«

Ich greife nach ihrem Arm. »Ich segle über das Meer. So muss es heißen. Das ist ein guter Satz. Soll ich den singen?« Ohne ihre Antwort abzuwarten, fange ich an. »Ich segle über das Meeeeeer.«

»DAS KLINGT GUT. WAS HEIßT DAS?«

»Der letzte Satz deines Liedes.«

»SINGE IHN EIN PAAR MAL HINTEREINANDER.«

Ich stelle mich vor sie hin, nehme meine Spinne in den Arm und tanze mit ihr hin und her. »Ich segle über das Meer, über das weite, weite Meer. Ich segle, ich segle übers Meer.«

Ada kneift die Augen zu Schlitzen zusammen. »NICHT SCHLECHT. ABER DEINE KUSCHELSPINNE IST ALBERN.«

Ich verschränke die Arme vor der Brust. »Du bist blöd.«

»ELIO, WENN DU KÜNSTLER SEIN WILLST, MUSST DU AN DIR ARBEITEN. DU MUSST DICH KORRIGIEREN LASSEN. MIR GEHT ES NICHT ANDERS. WENN DU STÄNDIG BELEIDIGT BIST, KOMMST DU NICHT VOM FLECK. WIR MÜSSEN UNS KRITISIEREN LASSEN, WENN WIR GUT WERDEN WOLLEN. NUR WEIL DU BEHINDERT BIST, IST DAS BEI DIR NICHT ANDERS.«

»Selbst behindert.«

»RICHTIG. UND ICH HASSE ES, WENN DIE LEUTE DESWEGEN NICHT EHRLICH ZU MIR SIND.«

Nach einer Weile stecke ich Spidy unter mein T-Shirt und frage Ada: »Also, der Gesang war gut?«

Ada hebt den Daumen. »VERSUCH ES NOCH EINMAL.«

Ich fange mit dem Rhythmus an und komme sofort in Fahrt. Ich klatsche in die Hände und singe: »Ich segle über das Meer. Das Meer. Über das Meer segle ich.«

Ada hebt die Augenbrauen, ich lasse den letzten Ton ausklingen. Sie stellt ihren Rekorder an. Wir üben das ganze Lied noch einmal. Kaum klingt ihr letzter Ton aus, singe ich wieder und deute einen Moonwalk an. Um richtig zu tanzen, habe ich leider zu wenig Platz.

Ada streckt mir die Hand hin.

Ich schlage ein und grinse. »War das gut?«

»TOTAL ORIGINELL. KOMM, WIR GEHEN ZUM BAHNHOF UND PROBIEREN ES AUS.«

Ich stürme aus dem Bad. Friedel liegt noch immer auf dem Bett. »Friedel, aufstehen. Es reicht mit Schönheit. Wir wollen zum Bahnhof. Ich muss Geld verdienen für ein Handy.«

»Ja, gleich. Ich will mich nur noch schminken.«

»Ist gut. Wir warten auf dem Gang.«

Friedel grummelt und steht auf.

Wir setzen uns draußen vor der Aufzugtür auf ein Sofa.

»Friedel tut mir leid. Es ist das erste Mal, seit ich auf der Welt bin, dass sie Hormone hat. Sie hatte nie einen Mann oder einen Freund.«

»ECHT? MEINE MUTTER HATTE SCHON VIELE.«

»Ja, das sieht man.« Ich kichere. »Wo ist dein Vater?«

»IN DEN FERIEN BIN ICH MANCHMAL BEI IHM. ER IST VIEL UNTERWEGS«

»Ist er nur dein Vater, oder hast du noch Ganz-Geschwister?«

Sie schüttelt den Kopf. »NUR MEINER.« Dann schweigt sie.

»Wie lange muss sich Friedel denn noch schminken? In der Zeit hätten wir schon eine Million Euro verdienen können.«

Da kommt Martin aus einem Zimmer. Er sieht uns und strahlt übers ganze Gesicht. »Hallo Elio! Und wer bist du?« Er streckt Ada die Hand hin.

»Das ist Ada«, stelle ich sie vor. »Du hast dich schick gemacht. Gehst du aus?«

»Ich weiß nicht.« Er dreht sich vor dem Spiegel im Kreis. »Wie findest du meine Glatze besser, Hochglanz oder Mattglanz?«

»Hä? Ich meine, wie bitte?«

»Jetzt ist sie Hochglanz. Ich finde das schick, aber was meinst du?«

Ich starre Ada an. Keine Ahnung, was ich darauf antworten soll.

»SEHR SCHICK«, tippt sie.

Martin schaut auf ihr Tablet. »Genial. Ihr jungen Leute könnt mit den Geräten zaubern. Ich habe mit Müh und Not gelernt, mit einem Handy zu telefonieren. Autos reparieren und Lastwagen fahren, so Sachen kann ich gut. Ich kann sogar Helikopter fliegen. Wusstest du das, Elio? Aber Computer …« Er wiegt seinen Kopf und schaut sich wieder im Spiegel an. »Also, die junge Dame findet Hochglanz auch schick. Sehr gut. Aber mein Bart?« Er knetet sein weißes Gestrüpp. »Sieht er so aus wie ein Gestrüpp? Soll ich etwas Bartwachs reingeben?«

Ich kichere los. »Was ist denn Bartwachs?«

»Zum Stylen.« Er dreht sich auf die Seite. »Nein, ich glaube, so sollte es gehen.«

»Was hast du denn vor? Bist du mit einer Dame verabredet?«

Er schüttelt den Kopf und rosa Flecken breiten sich auf dem Teil seines Gesichts aus, das unbehaart ist. »Aber dafür bist du noch zu jung.«

Ich ziehe meine Stirn in Falten. »Hormone?«

»Jaja, genau.« Er lächelt. Dann verschwindet er im Fahrstuhl.

»Ach, Ralph«, höre ich ihn murmeln.

Begegnung bei den Schließfächern

Wir spazieren an vielen Käseläden vorbei. Hier sind die Käse grösser und weniger löcherig als in der Schweiz.

Bald sind wir beim Bahnhof. Friedel setzt sich auf eine Bank in den Schatten. Sie packt ihre Flugzeugzeitschrift aus. Sie hat früher in einem Flugzeugwerk gearbeitet und liebt Motoren, Triebwerke und Düsen. Mit Martin kann sie sich stundenlang darüber unterhalten.

Ada und ich spielen unser Lied und verdienen Münzen ohne Ende. Nach einer Weile machen wir Pause und setzen uns auch auf eine Bank. Ich zeige zu Friedel: »Die schläft.«

Ada nickt. »KOMM, WIR ÜBERSETZEN EIN NEUES LIED.« Sie spielt mir eines mit ihrem Rekorder vor. »DIE WELT IST MEIN KLASSENZIMMER.«

Ich fange an zu kichern. »Was soll das heißen? Wie willst du die ganze Welt in ein Klassenzimmer sperren? Die hat da keinen Platz.«

»DAS BEDEUTET, DASS MAN NICHT NUR IN DER SCHULE ETWAS LERNT, SONDERN BEI ALLEM, WAS MAN TUT.«

»Wie geht das Lied weiter?«

Ada drückt eine Taste. »NIEMAND MUSS ZUR SCHULE GEHEN. JEDER LERNT DAS, WAS ER WILL.«

»Ha!«, rufe ich. »Ich weiß, was ich lernen will. Mir den ganzen Tag von Frau Haller die Füße massieren lassen.«

»WER IST FRAU HALLER?«

»Meine Lieblingslehrerin.«

»MASSIERT WERDEN IST NICHT LERNEN. SO IST DER TEXT NICHT GEMEINT.«

»Doch, doch, das können nicht alle. Gewisse Leute rasten aus, wenn man ihnen die Füße massieren will. Die können keine Sekunde dafür stillsitzen. So einfach ist das nicht.«

»ES IST EIN BILD DAFÜR, DASS SCHULE ANDERS SEIN KÖNNTE. WARUM WOLLEN ALLE, DASS ICH SPRECHE? WARUM MUSS ICH SO VIEL ZEIT DAFÜR VERGEUDEN, WENN ICH LIEBER TEXTE DICHTEN WILL?«

Ich tätschle ihr Knie. »Was würdest du in dieser Schule lernen wollen?«

»OHNE GESPROCHENE SPRACHE LEBEN ZU KÖNNEN.«

»Aber das kannst du doch. Du bist genial mit deinem Tablet.«

»ABER ZU WELCHEM PREIS?«

Ich nicke. »Ganz schön teuer, so ein Tablet.«

»DAS MEINE ICH NICHT. ABER FÜR DIE MEISTEN LEUTE IST DAS KOMISCH. SIE WISSEN NICHT, WIE SIE MIR ANTWORTEN SOLLEN, SPRECHEN MIT MIR WIE MIT EINEM BABY. ODER SIE WERDEN VERLEGEN UND GEHEN WEG.«

»Dann werde ich Lehrer in dieser Schule und bringe es den Leuten bei. Aber mein Angebot ist nicht freiwillig. Dort müssen alle hin.«

Ada winkt ab. »DAS IST NICHT DIE IDEE DIESER SCHULE. LASS UNS EINEN SATZ AUSWÄHLEN.«

»Ich hab's. Wir singen: Seid nett zu Ada.«

»NEIN, DAS GEHÖRT NICHT ZU EINEM MEINER LIEDER.«

Ich kann nicht mehr stillsitzen und springe auf. Ich singe: »Hört Ada zu. Sie dichtet Gedichte. Hört Ada zu.«

Zwei Jungs bleiben stehen und betrachten mich von oben bis unten. Ich grinse sie an. Beide schauen sofort wieder weg.

Ich gehe zurück zu Ada.

Wir schweigen eine Weile. Dann sage ich: »Es lag nicht am Italienisch, dass du aufgehört hast zu reden, oder?«

Ada tippt: »NEIN, AUCH WENN ICH DEUTSCH SPRECHE, KLINGT DAS ANDERS ALS BEI EUCH.« Sie macht eine lange Pause. »ICH HATTE EINE TOLLE LEHRERIN. SIE HAT MIR DAS MIT DEM REKORDER BEIGEBRACHT. WENN ICH IHR ETWAS SAGEN WOLLTE, HABE ICH ES ZU HAUSE AUFGENOMMEN UND IHR AM NÄCHSTEN TAG ABGESPIELT.« Sie lächelt. »AM ENDE DER ZWEITEN KLASSE HABE ICH SOGAR ZU HAUSE EIN GEDICHT AUFGENOMMEN UND IN DER KLASSE ABGESPIELT. DIE LEHRERIN UND ALLE KINDER HABEN GEKLATSCHT. DAS WAR TOLL. «

»Zu Hause konntest du sogar ein Gedicht aufsagen?«

Sie nickt.

Ich muss kichern. »Nicht reden in der Schule. Das könnte ich nicht.« Plötzlich packe ich Ada am Ärmel. »Komm, wir besuchen deine Familie. Wir zeigen ihnen deine Lieder. Friedel bringt uns bestimmt hin. Wir tragen ihnen deine Texte vor. Sevana soll sehen, dass ich ein großer Künstler bin und du tolle Gedichte dichtest.«

Ada blickt zu Boden. »ICH WEIß NICHT, OB SIE MEINE TEXTE MÖGEN«, tippt sie.

Ich stapfe zu Friedel. »Komm, Tantchen. Aufwachen! Wir besuchen Adas Familie. Die spielt gleich da vorne.« Ich zeige zum Ende der Straße. Friedel nickt, verstaut ihre Zeitschrift, greift nach ihren Stöcken und steht auf. Ich ziehe Ada bei der Hand. Widerwillig kommt sie mit. Bald höre ich die Musik ihrer Familie.

Wir gehen näher und hören ihnen zu.

Regina entdeckt uns. »Schön, dass ihr uns besucht. Wollt ihr mitspielen?«

»Ja«, sage ich, während Ada den Kopf schüttelt.

»Komm schon, Mädchen.« Regina streicht ihrer Tochter über den Arm.

»Wir machen nur mit, wenn wir die Lieder singen, die Ada gedichtet hat«, rufe ich.

Viele Augen starren Ada an.

»Du komponierst? Warum wissen wir nichts davon?«, sagt eine von Adas Schwestern.

Ada schaut auf den Boden. Dann tippt sie: »IHR SEID KEIN

EINZIGES MAL ZU MIR IN DIE STADT GEKOMMEN, WENN ICH ALLEIN GESPIELT HABE.«

Ich rufe: »Ich weiß das schon lange. Komm Ada. Wir machen eine Aufführung. Hier ist ein Mega-Platz. Hier verdienen wir Geld ohne Ende.«

Alle setzen sich in einen Kreis um uns herum.

Ada steht da und bewegt sich nicht. Ich löse mein Lasso von der Taille und werfe Spidy in die Höhe.

»MANN, ELIO, DAS IST KINDISCH«, tippt Ada und rüttelt mich an der Schulter.

»Nein, du bist kindisch. Immer versteckst du dich. Komm schon.«

Ada lässt sich auf einen der Hocker fallen, der dort steht, und packt ihr Cello aus. Sie stellt ihren Rekorder auf und die ersten Worte erklingen: »IN MEINER WELT MUSS NIEMAND IN DIE SCHULE GEHEN. WER NICHT REDEN WILL, DER REDET NICHT …«

Ich stimme ein in den Refrain: »Denn jeder Mensch ist auf seine Weise heldenhaft. Heldenhaft.«

Ada begleitet mit dem Cello.

Aus den Augenwinkeln sehe ich, dass Sevana uns filmt. Krass, vielleicht verkauft er den Film und wir werden weltberühmt.

Wir singen Deutsch, damit Adas Familie uns versteht. Trotzdem bleiben auch andere Leute stehen.

Als wir fertig sind, sammle ich Geld ein. »Spenden Sie, spenden Sie. Der große Elio spart für ein Handy.«

Ich bekomme viele Münzen und verbeuge mich vor allen, die mir etwas geben.

Regina wischt sich eine Träne aus den Augen, geht zu Ada und umarmt sie. »Mein Kind. Die Melodie ist wunderschön. Und die Begleitung, die du gespielt hast, war fantastisch.«

Ada reißt sich los und brüllt: »Es geht nicht um die Begleitung. Du sollst meine Texte hören! Ich soll einfach sein, wie alle anderen. Das ist das Einzige, das dich interessiert.«

Noch nie habe ich Ada so laut reden hören.

Sie packt ihr Cello und winkt mir und Friedel. Sie zeigt zu unserem alten Platz. Dann stapft sie davon.

»Ada, warte«, ruft Regina. Doch sie rennt ihr nicht nach. Sie schaut mich und Friedel an. »Das wollte ich nicht. Es stimmt nicht, dass sie wie alle andern sein soll.«

»Du bist blöd«, rufe ich. »Ich mag Adas Texte.«

Regina nickt. »Ich doch auch.«

»Echt?«

Sie schaut mich an und eine Träne läuft ihr über die Wange.

»Willst du mal Spidy halten?« Ich gebe ihr Spidy und streichle ihr Gesicht. »Friedel und ich gehen jetzt zu ihr.«

Regina drückt meine Hand. »Ich bin froh, dass sie dich gefunden hat, Elio. Sie hat außer dir keine Freunde.«

»Yep, ich bin ein prima Freund.« Ich stecke Spidy wieder unter mein T-Shirt. Dann spazieren Friedel und ich zu unserem alten Platz beim Bahnhof.

Ada und ich singen weiter wie vorher. Doch ich sehe an Adas Augen, dass sie traurig ist.

Friedel setzt sich auf ihre Bank, blättert in ihrer Zeitschrift und döst bald wieder ein.

Plötzlich höre ich einen schweizerdeutschen Satz. »Papi, das ist viel zu gefährlich mit den Schließfächern. Und warum schon jetzt? Was machen deine dämlichen Frauen dann mit der Ware?«

Doch Papi hört nicht zu und fährt dem jungen Mann mit seinem Ziehköfferchen über die Lackschuhe. »Ich habe das schon so gemacht, als du noch in die Windeln geschissen hast. So macht es mir am meisten Spaß.«

Leider verstehe ich nicht, was der Windel-Scheißer antwortet. Er ist zu weit weg.

»Ada! Das sind Ralph und Knut!«

Ada packt ihr Cello in den Koffer und schnallt ihn auf den Rücken. Ich schaue zu Friedel. Doch die döst noch immer. Wir schleichen den beiden hinterher und kommen zu der Schranke beim Bahnhof. Ich nehme Adas Hand. »Hier gibt es so viele Leute.«

Sie lächelt mir zu.

»Wir haben kein Ticket.« Doch da entdecke ich den Mann mit der gelben Weste und winke ihm.

Er kommt zu mir. »Ach, ich kenne dich. Musst du das Gepäck deiner Oma abholen?«

Ich nicke.

»Komm, hier geht es besser für dich.« Er führt uns zu einer Schranke am Rand und lässt uns durch.

»Danke«, sage ich.

Ada zieht mich durch die Menschenmenge. Endlich wird es ruhiger. Ich sehe Ralph und Knut wieder. »Da sind sie.«

Ada macht Fotos mit ihrem Tablet. Wir verstecken uns hinter einem Gepäckwagen. Ada filmt. Ralph schließt den Ziehkoffer ein.

»Das ist krass ohne Ende«, sage ich.

Plötzlich dreht sich Knut um, entdeckt uns und rennt zu Ada. Er packt ihr Tablet und wirft es zu Boden.

»Was fällt dir ein, du Verbrecher?«, brülle ich. »Ich rufe die Polizei. Polizei! Hilfe! Hilfe! Das sind Verbrecher.«

Ein Mann mit Anzug, Krawatte und Aktenkoffer bleibt stehen und ruft: »Braucht ihr Hilfe?«

»Alles gut«, antwortet Knut auf Deutsch. »Wir proben für eine Filmszene. Die Clowns hier …« Er zeigt auf Ada und mich in unseren Kostümen. »… spielen, dass ich ein Verbrecher bin und ihnen das Tablet klaue.«

»Dann ist ja gut«, ruft der Mann, auch auf Deutsch.

»Nein«, schreie ich. »Nichts ist gut. Er hat Adas Tablet kaputtgemacht.«

Doch Knut hält mir den Mund zu, lächelt und ruft: »Wird nächstes Jahr in die Kinos kommen. Machen Sie Werbung für uns.«

Der Mann hebt den Daumen und hastet davon.

Ich versuche, weiterzuschreien, doch Knut drückt zu fest auf meinen Mund. Ich kann ihn nicht einmal beißen.

»Hilfe!«, brüllt Ada.

Ralph kommt und packt seinen Sohn am Arm. »Ich habe dir gesagt, dass wir es auf meine Art machen. Lass diese Kinder in Ruhe.«

»Aua, Papi. Du tust mir weh. Lass mich los.«

Ralph stößt ihn von sich und knurrt: »Das nächste Mal schneide ich dir deine Locken ab.«

Knut kreischt und macht einen Satz von ihm weg. »Nicht meine Locken! Das hast du von deiner blöden Friedel gelernt.«

Ralph antwortet nicht, sondern zieht Knut hinter sich her.

Ich starre ihnen nach. Dann nehme ich Adas Hand. »Schnell. Wir müssen sie verfolgen.«

Doch Ada rührt sich nicht. Sie sitzt am Boden und streichelt ihr Tablet. Ihr Gesicht ist schneeweiß. Noch nie habe ich sie so gesehen. Nicht einmal, als Knut ihr das Tablet weggenommen hat oder ich ihr Handy kaputtgemacht habe.

Ich nehme sie in den Arm und sie lässt es zu. Ich spüre, wie ihr Körper bebt vor lauter Schluchzen.

»Knut und Ralph sind blöd ohne Ende. Wenn ich die das nächste Mal sehe, werde ich sie mit meinem Lasso fesseln.« Ich schlage mir an die Stirn. »Mann, warum habe ich nicht an das Lasso gedacht? Ich hätte sie fangen und in ein Schließfach sperren können.«

»Was machen wir jetzt?« Ich streiche über das kaputte Glas des Tablets. Nicht einmal einschalten kann man das Gerät mehr.

Ada zuckt mit den Schultern.

»Du hast mit deiner Mutter geredet. Kannst du das mit mir auch versuchen?«

Sie schüttelt den Kopf.

»Dann halt flüstern. Damit haben wir schon Erfahrung.«

Nach etwa hundert Stunden nickt sie und flüstert mir ins Ohr.

»Ein Geschäft?«, frage ich.

Sie nickt.

»Um dein Tablet reparieren zu lassen?«

Wieder nickt sie.

»Gute Idee. Wir lassen es flicken. Siehst du. Es funktioniert. Ich verstehe dich auch ohne Tablet. Ich bin schon fast so gut wie deine Mama. Ich habe Superohren.« Ich hüpfe auf und ab. »Ada redet wieder mit mir. Ich bin der glücklichste Mensch auf der Welt.«

Ada verdreht die Augen.

Sie nimmt mich bei der Hand und wir gehen zur Schranke.

»Hast du den Koffer deiner Oma nicht gefunden?«, fragt der Mann mit der gelben Weste.

Ich schüttle den Kopf.

Er lässt uns raus. »Dann muss sie halt selber kommen.«

Ich nicke.

Wir gehen zu Friedels Bank. Ich rüttle sie an den Schultern.

»Ach, Ralph«, murmelt sie, dann reißt sie die Augen auf.

»Nein, ich bin's. Elio! Adas Tablet ist kaputt. Wir müssen jemanden finden, der es reparieren kann.« Ich kuschle mich an Friedel und atme ihren Friedel-Duft ein.

Sie hält mich fest. Dann streckt sie sich, packt ihre Flugzeugzeitschrift ein, greift nach ihren Stöcken und steht auf.

Wir spazieren durch die Stadt. Nach einer Weile sehen wir einen kleinen Laden, in dem Handys ausgestellt sind. Ada zeigt zur Tür und auf mich.

»Ich soll fragen, ob sie dein Tablet reparieren?«

Sie nickt.

»Ja, macht das, Kinder. Ich warte draußen«, sagt Friedel.

Ich gehe hinein und Ada folgt mir. Es ist ein kleiner Laden, in dem man alles findet, was man an ein Kabel anschließen kann.

Der Ladenbesitzer ist ein Mann mit schwarzen Haaren und einem Akzent in seinem Niederländisch. Das verwirrt meine Gehirne und sie schwappen immer wieder ins Schweizerdeutsch. Was bei dem Mann dazu führt, dass er in einer Sprache antwortet, für die ich kein Gehirn habe. Doch beim dritten Anlauf versteht er, was ich brauche, und verschwindet mit dem Tablet in einem Nebenraum. Vom Tresen sieht man nur, dass dort ein Tisch steht und unzählige Werkzeuge aufgestapelt sind. Er ruft etwas. Ein Mann, der exakt so aussieht wie er, schaut sich das Tablet an.

Schließlich kommt der erste Mann zurück. »Wir können das Glas ersetzen. Es muss noch etwas anderes defekt sein. Aber Mustafa und ich denken beide, dass es zu schaffen ist.«

»Wie viel kostet die Reparatur?«, frage ich.

Der Zwilling, der nicht Mustafa ist, kratzt sich am Kinn. »Schwer zu sagen.« Er tippt etwas in sein Handy. »Allerhöchstens siebzig Euro. Aber garantieren kann ich nichts.«

»Haben wir siebzig Euro?«

Ada nickt.

Wahrscheinlich werden wir unser ganzes Geld dafür brauchen. Geld, mit dem ich mir ein Handy kaufen wollte. Das ist gemein ohne Ende. Doch ich brülle nicht, ich stampfe nicht mit dem Fuß. Ich drücke nur Spidy unter meinem T-Shirt. Und nicke. »Ja, das können wir bezahlen. Wie lange werden Sie dafür brauchen?«

Statt eine Antwort zu geben, brüllt er nach hinten: »Mustafa!«

Mustafa antwortet etwas. Das einzige Wort, das ich verstehe, ist Ibrahim.

Ha. Jetzt kenne ich beide Namen.

»Kommt morgen früh wieder. Vielleicht schaffen wir es bis dann. Wir arbeiten auch in der Nacht.«

Ich bedanke mich und Ada lächelt ihr strahlendstes Ada-Lächeln. In meinem Herzfehler wird es warm.

»Sollen wir dich zum Hausboot bringen?«, frage ich Ada draußen.

Sie schüttelt den Kopf.

Friedel streichelt Adas Arm. »Ach, die junge Geigerin ist traurig. Willst du bei uns schlafen?«

Ada nickt. Sie flüstert mir ins Ohr.

Ich strahle. »Kein Problem. Friedel hat ein Handy.« Ich schaue meine Tante an. »Darf Ada ihrer Mutter schreiben?«

Friedel nickt und zieht ihr Handy aus der Tasche.

»Weißt du die Nummer?«, frage ich.

Ada nickt und schreibt eine Nachricht. Kaum ist sie fertig, bellt Friedels Handy.

»Du hast Hundegebell als Benachrichtigungston?«, rufe ich.

Doch Friedel antwortet nicht. Sie nimmt ihr Handy, liest etwas und ihre Wangen werden rosa. »Ach, Ralph. Ach, mein Ralph«, flüstert sie.

»Was ist mit deinem beknackten Ralph?«, frage ich.

»Der Koffer ist im Schließfach. Ich kann ihn jederzeit holen. Den Schlüssel hat er bei Sanne abgeben lassen. Und …« Sie seufzt. »Er will mich morgen treffen. Ist das nicht romantisch?«

»Romantisch ohne Ende«, murre ich.

Im Hotel zeige ich zum Fahrstuhl. »Geh du schon ins Zimmer und mach dich hübsch fürs Abendessen, Tantchen. Ich hole Ralphs Schlüssel bei Sanne.«

Friedel nickt. »Ja, das ist nett von dir. Vielleicht sollte ich noch einmal eine Gesichtsmaske auflegen. Morgen sehe ich meinen Ralph. Ach, Ralph.« Sie verschwindet im Aufzug.

Ich renne mit Ada zu Sanne. »Hat jemand einen Schlüssel für Friedel abgegeben?«

Sanne nickt. »Nicht nur für Friedel. Das war ein Betrieb heute. Für drei Leute wurde ein Schlüssel abgegeben.« Sie zieht einen davon aus einem Fach und gibt ihn mir. »Kannst du mir den Faden einfädeln?«

Ich stecke den Schlüssel ein, nehme ihre Brille und setze sie ihr auf die Nase.

Sie strahlt. »Danke. Jetzt sehe ich das Nadelöhr.«

Ich übersetze für Ada, was Sanne gesagt hat. Es funktioniert beim ersten Versuch.

Sie flüstert mir ins Ohr.

»Stimmt, das muss ich fragen. Sanne, wer hat die Schlüssel gebracht?«

»Ach, eine junge Frau. Sie wohnt auch hier im Hotel. Eine Frisur hat die. Wie ein Vogelnest. Die jungen Leute heute.« Sie schüttelt sich.

Ich schlage mir auf den Mund.

Sanne scheint es gar nicht zu bemerken. »Übrigens soll ich dir von deiner Mama ausrichten, dass sie beim Chinesen ist.«

Ich starre Sanne an. »Sie hat einen Chinesen kennengelernt?«

Sanne lacht. »Nein, ins Restaurant ist sie gegangen. Sie hat einen Gast hinüberbegleitet, der dort essen will. Aber sie wird gleich zurückkommen und hier mit dir essen.«

»Ach so.«

Im Aufzug erzähle ich Ada alles, was ich erfahren habe. Ich hüpfe auf und ab. »Mia und Finn sind da.«

Ada beugt sich zu mir und flüstert.

»Du glaubst, die sind in dem Zimmer, hinten beim Gang? Dort, wo ich die Stimmen gehört habe?«

Ada nickt.

Wir steigen im dritten Stock aus und gehen den Gang entlang nach hinten.

Ich klopfe. »Finn, bist du da?«

Doch es kommt keine Antwort.

Wir gehen in den Speisesaal. Mama ist zurück. Vor ihr liegen viele Blumen. Sie schließt mich zwischen zwei Bissen Pommes in ihre Arme. »Essen kann ich nicht beim Chinesen. Ich brauche meine Pommes.« Sie kichert. »Wenig Vitamine, aber lecker.«

»Darf Ada heute Nacht bei uns schlafen? Regina und Friedel sind einverstanden.«

Mama nickt.

»Viola, hast du eine Rose für mich gefunden?« Ursula betrachtet die Blumen auf dem Tisch. »Das hast du für zwei Euro bekommen?«

»Nein, nein.« Mama zieht eine rosa Rose heraus. »Die ist für dich.«

»Hast du noch Rückgeld?«

Mama schüttelt den Kopf.

»Nicht zu fassen, wie teuer die heutigen Rosen sind. Gab es keine missratenen zum halben Preis?«

»Leider nicht. Die großen waren sogar noch teurer.«

»Ja, dann. Nehme ich halt die.« Sie stapft davon.

»Bitte«, ruft Mama ihr nach.

Ursula dreht sich um. »Was hast du gesagt?«

»Bitte, gern geschehen. Es war mir eine Freude, für dich eine Rose zu kaufen.«

»Ja, ja, schon gut. Nicht so schlimm, dass du nur eine teure gefunden hast.« Weg ist sie.

Ich kuschle meinen Kopf in Mamas Armbeuge.

Martin kommt zu unserem Tisch. »Viola. Du übertriffst alle meine Erwartungen. Diese Blumen sind … Es verschlägt mir die Sprache. So romantisch. Herzlichen Dank.«

Mama lächelt Martin zu, futtert dabei aber weiter. Sie zeigt auf den großen Strauß. »Der ist für dich.«

»Ich weiß nicht, wie ich dir danken kann.« Martin steckt seine Nase in die Blüten. Er betrachtet Blume um Blume, zieht eine lila Tulpe heraus und hält sie Mama unter den kauenden Mund. »Die ist für dich.« Er tätschelt meine Wange und weg ist er.

Mama hält sich die Blume unter die Nase. »Martin ist so nett.« Sie betrachtet Ada und mich. »Wollt ihr auch Pommes?«

Ich schaue zu Ada. Sie nickt kaum merklich.

»Ja, zweimal Pommes, bitte. Aber mit Ketchup und nicht mit dieser scharfen Soße.«

»Geht klar, nur mit langweiligem Ketchup.«

Friedel holt ihre Blumen auch noch ab. Sie isst nichts, sondern geht sofort wieder auf ihr Zimmer.

Ich mampfe meinen Teller leer. »So, ich bin satt.« Ich wische mir den Mund mit der Serviette ab. »Ada und ich gehen zu Friedel ins Zimmer.«

»Klar, macht das.«

Wir fahren in den dritten Stock. Wieder gehen wir zu dem Zimmer, aus dem ich die Stimmen gehört habe. Wir klopfen an. Nichts.

»Mann, was machen wir jetzt? Wir können nicht einfach die Tür aufbrechen.«

Ada drückt die Klinke. Aber es ist abgeschlossen. Da kommt Günther aus dem Zimmer gegenüber.

Ada flüstert mir etwas ins Ohr.

»Hast du einen kleinen, blonden Jungen und eine Frau mit einem Vogelnest auf dem Kopf gesehen?«

Günther überlegt. Dann schüttelt er den Kopf, zieht sein Handy aus der Tasche und zeigt mir das Foto einer Frau. »Meinst du solch eine Frisur?«

Ich nicke. »Krass, die einen Frauen lassen ihre Haare verfilzen und andere wickeln sie sich um den Kopf. Wer ist das? Die ist ja voll alt.«

»Ja, ja, gleich alt wie ich. Sie ist süß, oder? Ich habe sie bei den Saft-Brüdern kennengelernt.«

»Warum trinkst du so viel Saft?«

Günther lächelt. »Früher habe ich das mit Bier gemacht. Aber Saft schmeckt besser und macht weniger Probleme.« Er lächelt. »Und man lernt dabei nette Menschen kennen.«

Ich schaue noch einmal das Foto der Frau an. »Wie schreibst du ihr?«, frage ich.

»Sprachnachricht. Ein Handy ist zum Sprechen da. Dafür braucht es keine Buchstaben.« Er zwinkert mir zu.

Ich merke, dass ich mit den Armen rudere. »Und wie findest du ihre Nummer?«

Er öffnet die Seite eines Nachrichtenportals und zeigt auf seine Kontakte. »Fotos, ich habe von allen ein Foto.«

»Das ist klasse.« Ich umarme Günther und gehe dann mit Ada in Friedels Zimmer.

Verfolgung im Morgengrauen

Friedel sitzt am Handy, als wir in ihr Zimmer kommen. »Anklopfen, bevor du eine Verliebte störst«, schmettert sie.

»Entschuldigung«, murmle ich. »Mit wem redest du?«

»Geht dich nichts an. Ah, Ada ist auch hier. Ihr könnt im Bad warten, bis ich fertig bin.«

»Mann, so kenne ich mein Tantchen gar nicht. Wenn die wüsste, was wir wissen. Das ist fies ohne Ende«, sage ich im Badezimmer zu Ada.

Ada hält den Finger an den Mund, zeigt auf mein Ohr und auf das Schlüsselloch. Ich fange an, mit meinen Superohren zu lauschen. »Sie will morgen Ralph treffen und ihm sein Geschenk geben«, flüstere ich. »Die Blumen.« Ich kichere. »Ralph wird noch mehr Blumen bekommen in nächster Zeit.«

»Jetzt könnt ihr rauskommen«, flötet Friedel.

Ich gehe zu meinem Bett und schaue sie nicht an.

»Elio, warum bist du eingeschnappt? Du magst es auch nicht, wenn man in dein Zimmer trampelt, ohne anzuklopfen.«

»Trotzdem machen es alle«, grummle ich. »Hast du mit deinem blöden Liebsten geredet?«

»Ach, Ralph. Er ist einfach der Beste.« Sie hüstelt. »Da ist noch etwas wegen morgen. Also Kinder. Ich werde ganz früh, wenn ihr noch schlaft, zum Bahnhof gehen und den Koffer holen. Ich bin so neugierig. Ich weiß zwar, dass Krawatten drin sind. Mein Ralph hat Krawatten bestellt. Ich werde euch nicht wecken. Falls ihr aufwacht, bevor ich zurückkomme, geht zu Mama. Sie weiß Bescheid. Ich schleiche mich aus dem Zimmer und trinke unten in Ruhe meinen Kaffee. Ihr werdet gar nichts merken.«

Ich nicke. »Und wann triffst du Ralph?«

»Das weiß ich noch nicht. Er wird sich melden. Ach, ist das aufregend. Mit Unterhemd und Lederweste ist er soooooo attraktiv. Er kann alles tragen, hübsch wie er ist. Aber stellt euch vor, Ralph mit Anzug und Krawatte. Eine Augenweide. Doch einen Koffer voll Krawatten zu bestellen, ist etwas übertrieben, findet ihr nicht auch?« Sie fährt über die Blüte einer rosa Nelke. »Am besten nehme ich die Blumen mit, falls er mich schon zum Frühstück treffen will.«

Am nächsten Morgen dröhnt Friedels Wecker. Sie hüpft aus dem Bett, schreit auf und hält sich die Hüfte. Sie tappt den Wänden entlang ins Bad. Dort klirrt und scheppert es. Dann kommt sie zurück ins Zimmer, stolpert über ihre Schuhe, flucht, reißt den Kleiderschrank auf und zieht sich an. Sie stopft die Blumen in einen Rucksack, nimmt ihre Stöcke und schleicht sich aus dem Zimmer. Kaum ist sie verschwunden, schaltet Ada das Licht an.

»Was soll das?«, murre ich. »Ich will schlafen.«

Sie flüstert mir ins Ohr und ich bin hellwach. »Du willst jetzt dein Tablet holen und dann zum Bahnhof? Wir beschatten Friedel? Allein, ohne Erwachsene?«

Ada nickt.

»Wie spät ist es?«

Ada hält eine Hand in die Luft.

Das verstehe ich. Fünf Uhr. So früh war ich noch nie auf. Ich springe aus dem Bett. »Ja, Ada. Das machen wir.«

Wir ziehen uns an und schleichen aus dem Zimmer.

»Findest du den Weg zu Mustafa und Ibrahim? Ob die schon geöffnet haben?«, frage ich im Fahrstuhl.

Sie nickt und flüstert mir ins Ohr.

»Du hast recht. Die arbeiten auch in der Nacht.«

Der Rest des Hotels scheint noch zu schlafen. Nicht einmal Sanne sitzt an ihrem Platz. Nur ihre Stickarbeit hängt über dem Stuhl. Aber im Speisesaal brennt Licht. Wir schleichen vorbei. Sicher trinkt Friedel dort ihren Kaffee.

Draußen ist es dunkel. Das Wasser im Kanal ist schwarz. Die Häuser wirken höher als bei Tageslicht.

Ada rennt fast. Zwischendurch macht sie kleine Hüpfer.

»Hast du Hormone?«

Sie schüttelt den Kopf und sagt laut: »Tablet.«

Der Laden von Mustafa und Ibrahim ist nicht erleuchtet. Ich sehe nirgends Gestalten, die sich im Licht einer Taschenlampe über ein Tablet beugen.

Ada drückt den Klingelknopf, der so laut dröhnt, dass bestimmt gleich alle Lichter im Haus angehen werden. Erst passiert gar nichts. Ada hört auf zu hüpfen. Langsam senken sich ihre Mundwinkel. Doch dann wird es in einem Zimmer im zweiten Stock hell. Ein Fenster geht auf.

»Ist da jemand?«, erklingt die Stimme von Ibrahim oder Mustafa.

Mein niederländisches Gehirn antwortet: »Ja, wir sind es, Ada und ich. Weil wir wissen, dass Sie auch in der Nacht arbeiten, sind wir jetzt schon da. Wir brauchen das Tablet. Das ist Adas Stimme, verstehen Sie?«

Ibrahim oder Mustafa grummelt etwas. Dann ruft er: »Ich komme gleich. Es ist fertig.« Das Fenster geht zu.

Ada rüttelt mich am Arm. Erst verstehe ich nicht, was sie will. Dann flüstert sie: »Deutsch.«

»Ach so, entschuldige. Ja, das Tablet ist fertig. Ich glaube, er bringt es.«

Das Licht im Laden geht an und Ibrahim oder Mustafa schließt auf und winkt uns hinein. Er reicht Ada das Tablet.

Sie schaltet es ein und klickt sich durch ihre Programme. »ALLES DA«, tippt sie.

Ich breche in ein Indianergeheul aus und falle ihr in die Arme.

Sogar Mustafas oder Ibrahims verschlafenes Gesicht verzieht sich zu einem Lächeln.

»Fünfzehn Euro«, sagt er.

»Fünfzehn«, übersetze ich für Ada.

Ada reißt die Augen auf. Dann tippt sie: »DAS IST BILLIG. WAS WAR DENN KAPUTT?«

Ich übersetze.

Ibrahim oder Mustafa lächelt. »War wenig Arbeit und wir hatten ein gebrauchtes Glas.«

Ich ziehe meine Münzen aus der Tasche und schütte sie auf den Tresen. Ada kippt ihren Anteil dazu. Es sieht aus wie der Goldschatz von Piraten. Außer dass die Münzen nicht aus Gold sind.

»Ibrahim«, brüllt der, der also Mustafa sein muss. Ibrahim kommt. Die beiden stapeln die Münzen zu kleinen Türmen. Nicht jeder Turm enthält gleich viele Münzen. Von den großen nehmen sie zum Teil nur eine. Eine seltsame Morgenbeschäftigung für erwachsene Männer. Schließlich schieben sie uns den größten Teil des Geldes zurück und leeren den Rest in eine altertümliche Kasse.

Ada starrt auf den Münzhaufen. »FRAG, OB DIESES GELD FÜR EIN GEBRAUCHTES HANDY REICHT.«

»Ein Handy? Du meinst?«

Ada grinst.

»Das Geld, das wir noch haben«, stammle ich. »Reicht das für ein Handy?«

Mustafa und Ibrahim stapeln auch die restlichen Münzen zu Häufchen.

Ich gehe im Raum auf und ab. Keine Sekunde kann ich stillstehen.

»165 Euro und 25 Cent«, ruft Ibrahim schließlich. »Das gibt ein gutes Handy.« Er schaut zu mir. »Für dich?«

Ich nicke. Reden kann ich nicht mehr.

Er führt mich zu einem Regal und zeigt mir, welche ich haben kann. Ich schaue mir alle genau an und zeige dann auf ein lila Handy. Friedel wird neidisch auf mich sein. Ich streichle über das Display.

»Gute Wahl«, sagt Ibrahim.

»Hier ist das Ladekabel dazu. Brauchst du eine SIM-Karte?«

Ich übersetze für Ada und sie nickt.

»Für welches Land?«

»Schweiz«, sage ich.

Ibrahim ruft Mustafa etwas zu, das ich nicht verstehe.

Nach ein paar Minuten kommt er mit einem Plastikteil zurück. »Bist du schon achtzehn?«

»Elf«, stammle ich.

»Dann müssen wir das anders machen«, sagt Mustafa. »Hast du einen Ausweis?«

Ich schüttle den Kopf.

»Gut, dann brauchen wir deinen Namen.« Er hält mir einen Stift und einen Zettel hin.

Ich schreibe in Großbuchstaben ELIO darauf.

Die Zwillinge schauen einander an und Ibrahim sagt: »Sollte reichen.« Er öffnet mein Handy und montiert die Karte. Dann schreibt er Zahlen auf ein Papier und sagt: »Das ist deine Nummer. Es ist etwas Guthaben drauf. Du kannst schon damit telefonieren. Viel Spaß!«

Ich falle ihm um den Hals. Dann stecke ich mein Handy sorgfältig in meinen Rucksack.

Mustafa öffnet uns die Tür und hebt die Hand. »Aber nächste Nacht ist hier geschlossen.«

Ich tanze neben Ada her. »Ich habe ein Handy! Ich habe ein Handy! Komm, wir gehen ins Hotel. Ich muss alles ausprobieren.«

Aber Ada schüttelt den Kopf. »NEIN, WIR GEHEN ZUM BAHNHOF. DAS KÖNNTE SPANNEND WERDEN.« Sie strahlt übers ganze Gesicht. »ICH BIN SO FROH. JETZT FÜHLE ICH MICH WIEDER GANZ.«

Ich drücke ihre Hand. »Ich finde es ein bisschen schade. Ich mag deine Stimme.«

Sie will losgehen, doch plötzlich kommt mir etwas in den Sinn und ich halte sie zurück. »Sag mal, du hast doch am Ende der zweiten Klasse etwas auf Tonband aufgenommen für deine Lehrerin und sie hat das der Klasse abgespielt. Mach das mit deinen Liedern. Dann kann ich hören, wie du singst.«

Ada schüttelt den Kopf und hüpft den Gehsteig entlang.

»Wie ging es weiter nach der zweiten Klasse? Hast du da wieder geredet? Ich meine, auch in der Schule.«

Ada nickt und bleibt stehen. »NIE VIEL, WENN ICH UNTER FREMDEN LEUTEN WAR. ABER ES GING EINE WEILE GANZ GUT.«

»Und jetzt nicht mehr?«

Ada schüttelt den Kopf. »ABER KOMM JETZT. ICH WILL WISSEN, WIE ES FRIEDEL GEHT.«

Ich nicke und nehme Adas Hand. Es ist noch nicht richtig hell. Ich habe Angst.

Ada drückt meine Hand und lässt sie nicht mehr los.

Wir kommen zur Schranke. Mein Freund mit der gelben Weste steht dort. »Ich liebe Menschen, die auch in der Nacht arbeiten«, rufe ich ihm zu.

Er lächelt verschlafen, öffnet die Schranke mit seiner Karte und zeigt zu den Schließfächern. »Ich glaube, deine Oma holt grad selbst ihr Gepäck. Willst du zu ihr?«

Ich nicke.

Das Erste, was ich bei den Schließfächern höre, ist Frauengeschrei. »Dürre Alte«, verstehe ich.

Dann: »Dicke Alte!«

Dann: »Er liebt nur mich, dürre Kuh.«

»Selber Kuh.«

»Es geht dich nichts an, warum ich einen Blumenstrauß dabeihabe. Was willst du mit deiner Rose? Die ist genauso mickrig wie du!«

»Wenigstens kann ich mich noch allein fortbewegen und brauche keine so lächerlichen Stöcke wie du!«

Ada zieht mich hinter den Gepäckwagen. Von dort aus können wir die zwei beobachten, ohne dass sie uns sehen. So viele coole Schimpfwörter hätte ich Ursula und Friedel gar nicht zugetraut.

Ich höre Geträller und drehe mich um. Ein Blumengesteck mit

einem Männerkörper drunter erscheint. Jemand hat eine Million Blumen zu einem Kunstwerk gesteckt. In der Mitte ist ein rotes Herz. Es wird eingerahmt von einem Regenbogen.

»Martin!«, ruft Friedel.

Ein Kopf hebt sich über das Kunstwerk. »Ach, Friedel. Auch schon wach?«

Sie tippt sich an ihr lila Hütchen und kichert. »Ja, ja, ein Köfferchen holen. Ein Köfferchen holen. Aber die dürre Alte da behauptet, dass mein Ralph ihr Ralphi ist.«

Ursula brüllt: »Wie sieht dein Ralph aus?«

»Süß«, zwitschert Friedel. »Er hat blaue Augen und graue Haare. Er hat ein süßes Muttermal am rechten Ohrläppchen.«

Ein Schrei. Ein Kunstwerk aus Rosen und Regenbogen kracht zu Boden.

Die drei Alten starren einander an. Friedel wirft ihre Stöcke zu Boden. Martin kniet auf den Beton und streichelt sein kaputtes Kunstwerk.

»Martin, was hast du denn?«, ruft Ursula.

»Mein Ralph«, heult Martin. »Mein liebster Ralph!«

Ursula reißt die Augen auf. »Du auch?«

Martin nickt.

Ursula stampft mit dem Fuß. »Dieser gemeine Verbrecher. Dem werde ich keinen Koffer bringen, sondern unter seinem Hintern anzünden. Lasst uns nachschauen, ob wir alle den gleichen haben.«

Alle öffnen ihr Fach und drei hellblaue Koffer kommen zum Vorschein.

»Ach, Ralph«, heult Friedel. »Was soll das?«

Ich renne zu ihr und nehme sie in den Arm. »Mach dir nichts draus, Tantchen. Das mit den Hormonen heilt schon wieder.«

Sie geht in die Knie, drückt ihr Gesicht an mein T-Shirt und heult.

»Was macht ihr denn hier?«, fragt uns Ursula.

Niemand antwortet ihr. Ich streichle Friedels Kopf.

»Gehen wir Kaffee trinken und überlegen, was wir tun sollen«, schlägt Ursula vor. Sie marschiert mit ihrem Koffer und ihrer Rose voraus.

Der schwimmende Chinese

Ada, Martin, Friedel und ich folgen Ursula. Ich trage Friedels Blumen und Ada zieht ihren Koffer.

Ursula führt uns nicht in die Richtung des Hotels, sondern auf die andere Seite, am Wasser entlang.

Nach einer Weile entdecke ich das chinesische Restaurant. »Schau, Ada, das ist ein Boot. Darauf hat jemand Hongkong gebaut.«

Ada nickt. Die Alten schauen nicht einmal hin. Ursula zeigt auf ein Café, gegenüber dem chinesischen Boot. Sie geht hinein. Friedel und Martin schleichen ihr nach.

Ich will auch rein. Mir läuft schon das Wasser im Mund zusammen beim Gedanken an eine heiße Schokolade und ein frisches Brötchen.

Doch Ada zieht mich am Ärmel. Sie zeigt auf das China-Restaurant und tippt: »DER SCHWIMMENDE CHINESE.«

»Du meinst?« Ich reiße die Augen. Ich starre zu dem Boot, zu Ada und plötzlich muss ich lachen. Ich kann gar nicht mehr damit aufhören.

Wir gehen zum Eingang des China-Restaurants.

»DAS SIEHT GESCHLOSSEN AUS. WIE KOMMEN WIR DA REIN?«

» Da steht ein Chinese. Elio, das Sprachgenie, wird das Problem schon lösen. Lass mich mal machen.« Ich stelle mich zu dem Mann. »Chung, chang, hau, Bami-Goreng, Nasi-Goreng, hung, hang.«

Der Chinese starrt mich an und brüllt los vor Lachen. »Was soll denn das, mein Junge? Bami-Goreng willst du essen? Wir öffnen erst am Mittag.«

Sein Dialekt erinnert mich an den von Sanne. Amsterdamerischer geht es nicht mehr. »Was fällt dir ein?«, zische ich. »Da stehst du und siehst total chinesisch aus. Und dann bist du ein Amsterdamer. Geht's noch?«

Der Mann lächelt. »Ja, in den Niederlanden geboren und aufgewachsen wie du, mein Junge.«

Wieder stampfe ich mit dem Fuß. »Stimmt nicht. Ich bin in der Schweiz geboren und aufgewachsen. Das sieht man doch!«

Ada zupft mich am Ärmel und zeigt ins Restaurant hinein.

Ich reagiere nicht.

»FRAG, OB RALPH UND KNUT HIER SIND«, tippt sie.

Ich räuspere mich und sage auf Niederländisch. »Ja, Herr, wir suchen unseren Opa und unseren Onkel. Bami-Goreng. Die haben hier ein Ding. Nasi-Goreng. Können Sie uns zu ihnen führen? Chang hau.«

Der Chinese grinst. »Dein Chinesisch ist klasse.«

Ich strahle ihn an. »Finde ich auch. Ching hau. Und wenn ich beide Sprachen mische, chung peng, verstehst du mich am allerbesten, ni hau. Oder?«

Er lächelt und nickt. »Wie sehen denn euer Opa und euer Onkel aus?«

»Schweizerisch, alt, einer mit Locken und einer mit grauem Bart.«

Der Chinese hört auf zu lächeln. »Keine Ahnung. Kenne ich nicht.« Er dreht sich um und geht ins Restaurant.

Ich schaue Ada an. »Was ist denn plötzlich mit dem los?« Ich übersetze für Ada, was ich mit dem Chinesen geredet habe. Sie kann ja weder Niederländisch noch Chinesisch.

Sie zieht mich zurück vor das Café, in dem die herzgebrochenen Alten sitzen. »DEN SCHWIMMENDEN CHINESEN HABEN WIR GEFUNDEN. HIER DREHEN SIE IHR DING. ABER WAS MACHEN WIR JETZT?«

Ich zucke mit den Schultern. »Die machen erst am Mittag auf. Lass uns frühstücken. Sonst sterbe ich vor Hunger.«

Die heiße Schokolade ist die beste, die ich jemals hatte. Ich darf so viele Brötchen essen, wie ich will. Die Alten haben alles für uns übriggelassen.

Als ich einigermaßen satt bin, zeige ich aus dem Fenster. »Friedel, das ist der schwimmende Chinese. Hier will Ralph sein Ding drehen.«

»Was?!«, brüllt Friedel. »Ralph ist da drüben? Diese Ratte, dieses Stinktier, dieser Bastard, dem werde ich es zeigen. Kommt! Den machen wir fertig.«

Ich halte ihren Arm fest. »Wahrscheinlich ist er im Moment nicht dort. Das Restaurant macht erst am Mittag auf. Wir müssen warten.«

Doch die Alten sind nicht mehr zu bremsen. Martin bezahlt das Frühstück, dann sammeln sie ihre Blumen und Koffer zusammen. Wir gehen über den Steg zum China-Restaurant.

Ursula klopft an die Tür. Eine junge Frau poliert drinnen einen Löwen aus hellblauem Stein. Sie hat einen Zopf, der ihr bis zum Po reicht, und trägt eine runde Brille. Sie schaut auf und öffnet uns die Tür. »Müsst ihr auch Sozialdienst machen und hier putzen?«, fragt sie und betrachtet die Koffer und Blumen.

»Ja, genau«, sage ich auf Niederländisch. »Wo sind die Lappen?«

Die Frau verschwindet und lässt die Tür offen.

Wir gehen hinein. Am Boden liegen dicke Teppiche. In einer Vitrine stehen Figuren von dicken, bärtigen Chinesen. Davor steht einer aus Gold, der einen Speer in der Hand hält.

»Wo ist dieser Ralph?«, zischt Friedel.

Da höre ich ein Geräusch aus dem unteren Stock. Es sind nicht Stimmen. Es klingt wie eine Walze. »Hört ihr das?«

Alle schütteln die Köpfe.

»Kommt.«

Ich gehe voraus, die Treppe hinunter. Doch hier gibt es viele Türen. Friedel drückt eine Klinke. Abgeschlossen.

»Hier sind eure Lappen. Hallo, wo seid ihr?«

Wir sind ganz still. Ich höre, wie oben eine Tür aufgeht.

»Hallo, wer sind Sie? Müssen Sie auch Sozialdienst machen?«, ruft das Mädchen.

»Geh mir aus dem Weg. Ich habe zu tun!«

Ich presse mir die Hand auf den Mund. Diese Stimme gehört Mia. Ich ziehe Ada und die Verliebten hinter einen riesigen Steindrachen.

Ich höre Schritte. Mein Herzfehler pocht, doch ich bleibe ruhig.

Mia schließt mit einem Schlüssel eine Tür auf und geht hinein. Ada rennt ihr hinterher und stößt sie in eine Ecke.

Wir stürmen ihr nach und kommen in ein großes Zimmer.

Und wen sehen wir da? Kaum zu glauben, da stehen Ralph und Knut vor einer riesigen Maschine.

Ursula rennt auf Ralph zu, lässt ihren Koffer fallen und hämmert mit ihrer Rose auf seinen Kopf ein. »So nicht! Du hast uns betrogen. Aber damit ist Schluss. Betrogene Frauen halten zusammen, du Mistkäfer.« Sie rammt ihm ihren Ellbogen in den Bauch. »Hilf mir, Friedel!«

»Auch betrogene Männer machen mit!« Martin knallt Ralph die Überreste seines Kunstwerks vor die Füße und trampelt darauf herum. Dann knallt er ihm eine rechts und links.

Friedel hämmert mit einem ihrer Stöcke auf Ralphs Hintern.

Mia rennt dazu und schreit: »Aufhören, aufhören!«

Ralph kommt auf die Füße und rennt zur Tür. Ich wickle das Lasso von meiner Taille und werfe es über ihn. Ich treffe beim ersten Versuch. Bei seinem Bauch ziehe ich zu und er fällt zu Boden. Er schreit. Ada kniet sich auf ihn.

»Schnell, Mia. Raus hier.« Knut nimmt Mias Hand und rennt zur Tür.

Doch dort steht die Frau mit dem langen Zopf.

»Halt sie auf!«, brüllt Ursula.

Die Frau wirft den beiden einen Stapel Putzlappen ins Gesicht und Knut fällt zu Boden. Ada rennt zu ihm, zieht eine Spraydose aus seiner Tasche und sprüht ihm damit ins Gesicht.

»So benutzt man Pfefferspray!«, rufe ich. »Bravo, Ada! Bravo! So einfach ist das, Herr Knut!«

Knut kreischt. Mia kreischt.

Ada sprüht auch ihr ins Gesicht.

»Ich kann nichts mehr sehen!«, brüllt Mia. »Wo ist die Tür?«

Ich nehme einen Putzlappen und wickle ihn Mia um die Handgelenke. Friedel kommt dazu, zieht ein riesiges Taschentuch aus ihrer Rocktasche und hilft mir. Ursula und Martin fesseln Knut.

Die Frau mit der runden Brille macht eine Kaugummiblase und sagt: »Mann, das muss sicher auch wieder ich putzen.«

Als Mia und Knut sich nicht mehr bewegen können, ziehe ich mein Handy aus der Tasche. »Wie ist die Nummer der Polizei?«

Martin sagt sie mir, eine Zahl nach der andern.

Ich tippe und sage: »Kommen Sie schnell zum China-Restaurant. Das, das schwimmt, das große Boot in der Nähe des Bahnhofs. Wir haben Verbrecher gefesselt.«

Ich halte die Luft an.

»Wir kommen sofort«, sagt eine Frauenstimme.

Ada umarmt mich und flüstert mir ins Ohr: »Das hast du gut gemacht.«

Friedel reißt ihren Koffer auf. »Mal sehen, was ich für dich Verbrecher transportieren sollte.« Krawatten kommen zum Vorschein. Sie packt so viele, wie sie greifen kann. »Deine Transporte kannst du in Zukunft selbst machen. Arme, alte Frauen und Männer so reinzulegen!«

Auch Ursula reißt ihren Koffer auf und kippt tausend Krawatten über Ralphs Kopf. Dann knallt sie ihre Rose hinterher. Sie nimmt eine Krawatte und fesselt Ralphs Hände noch einmal. »Zur Sicherheit. Die Putzlappen halten nicht wirklich.«

Mia kreischt und Ada bindet ihr eine Krawatte um den Mund.

Friedel packt auch eine Krawatte und geht damit zu Ralph. »Damit stopfe ich dir dein verlogenes Maul.«

»Stopp, einen Moment«, ruft Ralph. »Ich will noch etwas sagen. Bitte, lasst mich etwas klarstellen.«

Sofort sind alle still.

Ralph schaut zuerst Friedel, dann Ursula an. Als er bei Martin am Schauen ist, sagt er: »Es tut mir leid. dich liebe ich wirklich. Durch dich habe ich erkannt, warum ich bei keiner Frau bleiben konnte. Es tut mir leid.«

Martin laufen Tränen über die Wangen. »Ich liebe dich auch. Aber du hast mein Herz gebrochen.«

Ein Polizist, groß wie ein Kasten, und zwei Polizistinnen stürmen in den Raum.

Eine der beiden kenne ich. Das ist die chinesische Taxifahrerin. »Hände hoch, wer hier auch immer der Verbrecher ist«, ruft sie.

Niemand reagiert.

»Er ist der Schurke«, rufe ich und zeige auf Ralph.

Ursula fängt an zu weinen. Martin trottet zu ihr und nimmt sie in den Arm.

Der Kasten löst die Krawatten und Putzlappen und schnallt Ralph mit Handschellen die Hände auf den Rücken.

»Die beiden auch.« Ich zeige auf Knut und Mia.

Die Polizistinnen lösen ihre Handschellen vom Gürtel.

»Nicht!«, ruft Knut. »Das war Papis Idee.«

»Das werden wir auf der Wache klären«, knurrt die Taxifahrerin auf Deutsch und legt auch ihm Handschellen an. Die andere macht dasselbe mit Mia.

Eine weitere Polizistin kommt und sammelt mit Gummihandschuhen die Krawatten ein und verteilt sie auf die verschiedenen Koffer. »Komisches Diebesgut«, murmelt sie vor sich hin.

»Das finde ich auch, aber ich habe einen Verdacht«, sagt die Chinesin und greift in einen Koffer. »Da ist ein doppelter Boden! Den kann man aufmachen!«

Sie zieht an einer Schlaufe. Darunter kommen bestimmt eine Million Euroscheine zum Vorschein.

Plötzlich fängt es hinter mir an zu rumpeln. Hektisch drehen wir uns alle um. Aus dem Riesenkopierer fallen Euroscheine.

»Krass, die will ich haben!«, rufe ich. »Bei mir klappt das nie so gut mit dem Kopieren.« Ich greife nach einem 50-Euroschein und zeige ihn der Polizistin. »Darf ich den haben? Oder darf ich den Kopierer? Der ist krass ohne Ende.«

Die Chinesin schüttelt den Kopf und betrachtet die Druckmaschine. »Hier drucken sie die Scheine. Endlich haben wir die Schurken geschnappt. Zweimal waren wir kurz davor, doch sie sind uns wieder entwischt.«

»Ist dir Taxifahren langweilig geworden und jetzt arbeitest du bei der Polizei?«, frage ich.

Sie lacht. »Nein, ich bin Kriminalpolizistin. Aber für gewisse Ermittlungen setze ich mich auch mal in ein Taxi.«

Ich renne zu Friedel. »Wir haben die Geldfälscher erwischt. Dein Ralph ist ein gemeiner Geldfälscher.«

Friedel schnieft und streichelt meinen Kopf.

Ada umarmt mich.

»Ada, wir sind die Besten. Schau nur, das ist Falschgeld. Wir sind großartig.«

Ein eingesperrtes Kind

Ich schaue zu Mia. »Wo ist Finn?«

Niemand antwortet.

Die Polizistin zieht Mia mit ihren Gummihandschuhen die Krawatte aus dem Mund.

Mia hustet, dann sagt sie: »Der ist im Hotel. In unserem Zimmer.«

»Der süße, kleine Finn?«, ruft Friedel. »Er ist allein im Hotel?«

»Ist das ein Kind?«, fragt der Kasten.

»Ja«, rufe ich. »Er geht in meine Schule.«

»Wie ist Ihre Zimmernummer?«

Mia sagt eine große Zahl.

Der Kasten notiert alles und sagt: »Wir schicken gleich eine Einheit ins Hotel.«

Ich ziehe ihn am Ärmel. »Friedel und ich müssen mit. Finn wird sich erschrecken, wenn Polizisten auftauchen. Uns kennt er. Und meine Mama muss mit. Finn muss getröstet werden und das kann Mama.« Ich schaue zu Friedel. »Und ruf seinen Papa an. Der muss jetzt weg von seinem Literaturpreis. Du hast seine Nummer, oder?«

Friedel nickt, zieht ihr Handy aus der Tasche und wählt die Nummer.

Mia sagt nichts. Sie blickt auf den Boden.

Die Chinesin überlegt einen Moment. Dann zeigt sie auf den

Polizisten: »Du gehst mit den Kindern und den Pensionisten zum Hotel. Wir bringen die drei Verbrecher auf den Posten.«

Wir fahren mit einem echten Polizeiauto zum Hotel.

»Können Sie das Blaulicht anstellen? Und das Horn laut machen? Bitte!« Der Polizist schüttelt den Kopf. Ich bettle weiter, aber ich habe keine Chance.

Friedel ruft Mama an. Die ist zum Glück im Hotel.

Wir steigen aus und ich renne zu Sanne. »Wir brauchen den Schlüssel von Mia und Finn. Seine Mutter ist eine richtige Verbrecherin. Ich bin mit einem Polizeiauto gefahren. Aber das war nicht so lustig, wie ich gedacht habe. Der blöde Polizist hat nicht einmal Blaulicht für mich gemacht.«

»Guten Tag, die Dame«, sagt der Kasten. »Der blöde Polizist braucht einen Schlüssel.«

Ich schaue weg.

Sanne kichert. »Ach, ach, die Polizei. Welche Zimmernummer?«

Er nennt ihr die Zahl und sie gibt ihm den Schlüssel.

Mama rennt zu uns. »Mein Gott. Was ist nur passiert? Warum hast du die Kinder so früh am Morgen mit in die Stadt genommen, Friedel? Oh, nein! Wie siehst du denn aus? Bist du ins Wasser gefallen?«

»Nein, sie hat geheult. Aber jetzt müssen wir zu Finn. Du musst ihn trösten. Seine Mama ist eine richtige Verbrecherin.«

Mama streichelt mir über die Haare. »Ach, mein Gott. Ja. Sein Vater hat mich angerufen.« Sie schaut auf die Uhr. »Er ist schon auf dem Weg zum Flughafen. Er kommt hierher so schnell er kann.«

Der Kasten, Mama, Ada, Friedel und ich fahren in den dritten Stock und suchen die Tür mit der Zahl. Es ist die Tür, an die Ada und ich immer wieder geklopft haben.

Jetzt klopft der Polizist. Nichts passiert. Er schließt mit dem Schlüssel auf und lässt Mama und mich vor.

Ich kralle mich an Mamas Jeans fest. Da sehe ich Finn. Er sitzt auf dem Bett. »Finn, da bist du ja! Ada und ich waren hier. Warum hast du nicht aufgemacht?«

»Mama hat gesagt, dass ich niemanden reinlassen darf. Sie hat gesagt, dass sie gleich wieder da ist. Sie wollte nur kurz etwas verteilen. Sie hat gesagt, dass ich keinen Mucks machen darf.« Er schluchzt. »Und ich hatte keinen Schlüssel.«

»Krass, du warst hier eingeschlossen«, sage ich. »Hattest du etwas zu essen?«

Finn nickt und zeigt auf den Tisch, auf dem sich ähnliches Zeugs stapelt wie in Adas Haus.

»Wann ist sie weggegangen?«, fragt Mama.

»Heute Morgen.« Dann sieht er den Polizisten und fängt an zu weinen. »Ist Mama etwas passiert? Ist sie tot?«

Mama nimmt ihn in den Arm. »Nein. Aber sie ist verhaftet worden.«

Finn weint noch mehr.

Ich setze mich zu ihm und streichle seinen Arm.

»Dein Vater sollte in etwa drei Stunden hier sein«, sagt Mama. »Solange bleiben wir bei dir.«

Der Polizist nickt. »Das ist gut. Dann gehe ich jetzt auf den Posten.«

Mama liest uns vor. Finn sitzt auf ihrem Schoss. Friedel schläft in ihrem Sessel ein. Ada und ich liegen auf dem Bett und hören zu.

Endlich geht die Tür auf. Es ist Finns Papa. Heute trägt er einen Anzug und keine Sportklamotten.

Finn springt auf und fällt ihm in die Arme. »Papa, du bist schon da! Ich dachte, Berlin ist ganz weit weg.«

Sein Papa hebt ihn in die Luft.

»Muss Mama wieder ins Gefängnis?«

»Ich weiß es nicht.«

»Muss ich wieder allein zu ihr?«

Sein Vater schüttelt den Kopf. »Frau Brunner wird dich wieder begleiten wie vorher.«

Finn schnieft. »Versprochen?«

»Versprochen.«

Mama nimmt meine Hand und winkt Friedel und Ada zu. »Kommt. Ich glaube, die beiden brauchen etwas Zeit für sich.«

Ich klammere mich so fest an Mama, dass sie keinen Schritt machen kann. Sie hebt mich hoch und trägt mich in Friedels Zimmer.

»Mama, du darfst nie eine Räuberin werden. Nie, nie, nie.«

Mama streichelt meinen Kopf. »Nie, nie, nie. Versprochen.«

Friedel greift nach ihrem Handy und starrt darauf. »Diese Polizistin hat mir eine Nachricht geschickt. Wir sollen auf die Wache kommen. Es gibt ein Verhör.«

Friedel hat sich das Gesicht nicht gewaschen. Ihre Locken stehen in alle Richtungen ab.

Ich schüttle den Kopf. »Nein. Ich gehe zu keiner Polizei. Ich kann nicht mehr.« Mir fallen die Augen zu. Noch einmal mache ich sie auf und flüstere: »Kannst du Papa anrufen und ihm sagen, dass ich nach Hause will. Jetzt gleich.« Dann wird alles dunkel.

Irgendwann wache ich in Mamas Bett auf. Sie liegt neben mir. Friedel sitzt am Tisch vor einer Flugzeugzeitschrift.

»Wo ist Ada?«, flüstere ich.

»Elio, du bist wach?«

Ich nicke.

»Ada ist bei ihrer Familie.«

»Ich will nicht zur Polizei. Ich will nach Hause.«

Mama streicht mir durch die Haare. »Ja, wir fahren heute zurück.«

»Muss ich zur Polizeiwache?«

»Nein, es ist alles erledigt.«

Plötzlich fällt mir etwas ein und ich springe aus dem Bett. Mein Rucksack hängt am Kleiderhaken. Ich ziehe mein Handy heraus.

»Schau mal, Mama. Das habe ich mir gekauft.«

Mama schimpft nicht. Sie nimmt es mir nicht weg. Sie lächelt. »Ach, Elio. Ich bin froh, dass es dir wieder gutgeht.«

»War ich krank?«

Mama schüttelt den Kopf. »Du hast lange geschlafen.«

Ich setze mich auf Friedels Schoss. Ihr Gesicht ist wieder sauber.

»Hast du immer noch Hormone?«

»Ach, Elio. Ralph will ich nie wieder sehen. Dieser Schuft, dieser Schurke.«

»Dieser Blutegel«, helfe ich ihr.

»Den will ich nicht mehr. Aber …« Ihre Wangen werden rosa. »Gestern bei der Polizeiwache habe ich einen Mann kennengelernt, einen Schweizer. René heißt er. Er hat seinen Pass verloren. Er hat mit mir Bilder von Flugzeugen angeschaut. Er war früher Steward.«

»Was ist das?«

Friedel überlegt. »Kellner in einem Flugzeug. Und stell dir vor. Er wohnt bei uns um die Ecke.«

»Hier in Amsterdam?«

Friedels Gesicht wird noch mehr rosa. »Nein, zu Hause.«

»Was? Seit ich auf der Welt bin, hattest du nie einen Mann und jetzt einen nach dem andern? Du bist ja verliebt ohne Ende.«

Ich mache meine Augen zu Schlitzen. »Das ist bestimmt wieder ein Verbrecher.«

»Aber nein, mein Süßer. René ist anders als Ralph. Schau ihn dir an.« Sie nimmt ihr Handy vom Nachttisch und wischt darüber. »Ist er nicht hübsch?«

Ein rundes Gesicht mit runder Brille und runder Nase lächelt vom Bildschirm. »Der ist alt und klapperig und gar nicht hübsch. Aber immerhin hat er keinen Bart und trägt eine Krawatte«, murmle ich.

»Gehen wir etwas essen«, unterbricht uns Mama und nimmt mich bei der Hand.

Wir gehen in den Speisesaal. Ich bleibe nah bei Mama. Sie bestellt Pfannkuchen für mich und ich fange sofort an zu futtern.

Sie isst nichts.

»Hast du schon gegessen?«

Sie schüttelt den Kopf.

»Mama, warum wollte Knut die Koffer unbedingt in deinem Bus in die Schweiz bringen? Ist das Porto für einen Koffer wirklich so teuer?«

Mama ballt die Hände zu Fäusten. »Oh, nein. Dieser Verbrecher weiß, dass ein Reisebus voller alter Leute kaum kontrolliert wird.«

Ursula setzt sich genau mir gegenüber und packt ihren Laptop aus. Sie strahlt übers ganze Gesicht und fängt an, darauf herumzuhämmern.

»Warum bist du so glücklich?«

Sie schaut auf. »Stör mich nicht. Das wird das spannendste

Kapitel von allen. Jetzt habe ich sogar einen Verbrecher in meiner Lebensgeschichte.«

Ich zucke mit den Schultern. Hinten in der Ecke entdecke ich Günther.

»Mama, darf ich zu Günther?«

Sie nickt.

»Schau mal, Günther, ich habe ein Handy. Kannst du mir beim Einrichten helfen? Telefonieren kann ich schon. Ich habe damit die Polizei angerufen.«

»Potz Blitz, das hast du gut gemacht.« Er nimmt es in die Hand. »Ein tolles Telefon. Schau, so kommst du ins Internet. Und hier kannst du deine Kontakte speichern. Darf ich dein erster Kontakt sein?«

Ich nicke.

»Schau, ich speichere mich mit Foto.«

Er holt sein Handy aus der Tasche. »Willst du auch die andern Reise-Freunde?«

»Hä, was meinst du mit Reise-Freunden?«

»Na, Martin, Ursula und so.«

»Ach, die Omis und Opis. Klar, gern.«

Günther lädt die Bilder, die er für seine Kontakte hat, auf mein Handy.

»Kommt jetzt! Wir fahren«, ruft Mama.

Draußen steht der Bus. Martin schlurft zum Gepäckraum. In der Hand hält er ein Gesteck aus schwarzen Tulpen. »Haben wir dafür noch Platz, Frau Viola?«

Mama schüttelt den Kopf. »Die werden im Gepäckraum kaputtgehen. Nehmen Sie sie lieber in den Bus.«

»Sie sollen zerstört werden, zerquetscht unter Koffern wie mein Herz.« Ich streichle Martins Hände. Seine Glatze ist heute Hochglanz. Aber seine Augen sind rot und aufgequollen. »Du findest sicher bald einen neuen Liebsten. Die kann man sich im Internet bestellen. Wenn dir der Erste nicht gefällt, schickst du ihn zurück. Die kann man sich zur Ansicht liefern lassen.«

»Was redest du für Unsinn?«, ruft Mama.

Ich stemme die Fäuste in die Seiten und mache meine Augen so schmal, dass ich nichts mehr sehe. »Fausto hat das gesagt. Er hat mir sogar die Seite des Versandhauses gezeigt. Tinder heißt das.«

»Nein«, sagt Martin. »Ralph ist die Liebe meines Lebens. Das spüre ich in meinem gebrochenen Herzen.«

Zu Hause

Die ganze nächste Woche machen Ada und ich in der Fußgängerzone Straßenmusik. Friedel und René sitzen in der Zeit auf einer Bank und halten einander bei den Händen.

Wir verdienen weniger Geld als in Amsterdam. Doch das macht nichts. Schließlich habe ich schon ein Handy.

In einer Pause tippt Ada: »MEINE FAMILIE SPIELT BEIM ALTEN BRUNNEN. SOLLEN WIR SIE BESUCHEN?«

»Klar.« Ich ziehe mein Jackett aus. Die Sonne brennt vom Himmel.

Friedel und René schlendern hinter uns her.

Als wir beim Brunnen ankommen, zupfe ich an Adas Ärmel. »Hör mal. Dein Text.«

Ada bleibt stehen und ihr Gesicht leuchtet. »NIEMAND MUSS ZUR SCHULE GEHEN. SIE SINGEN MEIN LIED.«

Wir stellen uns zu den Zuschauern. Als das Lied zu Ende ist, kommt Regina zu uns, schüttelt mir die Hand und umarmt Ada.

»Mein Text«, flüstert Ada. Tränen laufen ihr über die Wangen.

Regina nickt. »Weil er uns so gut gefällt. Du bist eine wunderbare Dichterin.«

Ada strahlt. »Ihr habt zugehört«, flüstert sie.

»Wollt ihr mitsingen?«, fragt Sevana.

Regina zieht Ada an der Hand. Sie nickt leicht. Wir stellen uns in die Runde und das Lied beginnt noch einmal. Ich summe ein bisschen mit, denn sie singen es anders als Ada und ich. Adas Stimme höre ich nicht, aber ich sehe, dass sie den Mund bewegt.

Als das Lied fertig ist, drückt Sevana mir einen Hut in die Hand und ich sammele Geld ein. Dann verteilt Regina Brote und Saft.

»Sie haben dir zugehört.« Ich strahle Ada an. »Jetzt brauchst du dein Tablet nicht mehr, oder?«

Ada seufzt und tippt: »ACH ELIO, DASS IHNEN MEINE TEXTE GEFALLEN, IST COOL. ABER DAS MIT DEM SPRECHEN IST ETWAS ANDERES. DAS KANN ICH NICHT EINFACH SO.«

Mein Handy summt und ich höre mir eine Sprachnachricht an. Ich lache auf. »Hört mal zu. Ralph hat Martin aus der Untersuchungshaft einen Heiratsantrag gemacht. Vielleicht werden sie im Gefängnis heiraten können.«

»DER WOLLTE DOCH ALLE HEIRATEN«, tippt Ada.

»Nein.« Ich spiele die Nachricht ab. »Dieses Mal ist es offiziell.«

»DAS FREUT MICH FÜR MARTIN.«

Sevana hält Ada eine Zeitung hin. Sie liest und lächelt ab und zu.

»Was steht drin?«, frage ich.

Ada schaut kurz auf, sagt aber nichts und liest weiter.

Sevana setzt sich neben mich. »Soll ich dir vorlesen? Wir haben zwei Zeitungen gekauft.« Er grinst. »Weil darin eure Namen vorkommen. Hör zu: ›Mit der Hilfe von zwei Kindern, Elio und Ada, konnten die Geldfälscher geschnappt werden.‹«

Ich springe in die Luft. »Das sind wir!«

Die ganze Geschichte unserer Verbrecherjagd steht in der Zeitung: Ralph, Knut und Mia sind in Untersuchungshaft. Die Polizei hat den Kopierer zu sich genommen.

»So, Elio, jetzt gehen wir nach Hause«, sagt Friedel, nachdem Sevana mir den ganzen Artikel vorgelesen hat. »Heute kommen deine Brüder zurück.«

Ich juble. »Endlich, Fausto und Benedict kommen. Hurra! Aber morgen sehen wir uns wieder, oder Ada?«

Sie nickt.

»Kommt ihr mit, Friedel und René?«

Die beiden lächeln einander an und nicken gleichzeitig.

Ich spaziere mit ihnen nach Hause. Kaum sind wir in der Wohnung, stürmen Fausto und Benedict zu mir.

Benedict wirbelt mich durch die Luft. »Mama hat gesagt, dass du ein Handy hast. Zeig her.«

Ich ziehe es aus meiner Jackentasche.

»Mann, ist das ein cooles Teil!«

Fausto klopft mir auf die Schulter. »Wir haben auf der Heimfahrt Zeitung gelesen. Elio, du hast Verbrecher gefangen. Du bist ein Held.«

Ich umschlinge seinen Bauch. »Superheld, bitte.«

»Mann, und wir waren nur in so einem blöden Ferienlager«, mault Benedict.

Dank

Dieses Buch ist im Rahmen meiner Masterarbeit »Menschen mit einer Behinderung in der Kinder- und Jugendliteratur« an der Hochschule für Heilpädagogik Zürich entstanden. Diese ist verfügbar unter https://zenodo.org/records/10013499.

Ich danke Rita Baumann, die mich dabei kompetent begleitet hat. Ich danke allen, die mir im Rahmen dieser Masterarbeit bei der Evaluation des Krimis geholfen haben.
Vor allem danke ich den Angehörigen eines Menschen mit dem Williams-Beuren-Syndrom und den Menschen, die mit mir die Innensicht einer Sprachstörung geteilt haben.
Ich danke den Schülerinnen und Schülern der Lesegruppen der Heilpädagogischen Schule Rosenhügel, die mir ganz unverblümt gezeigt haben, was ihnen an dem Buch gefällt und was nicht.
Ich danke Ingrid Kubitzki für ihr Lektorat und die Fähigkeit, sich in die Lebenswelt eines Kindes mit einer Behinderung einzufühlen, und das in einem Text herauszuarbeiten.
Ich danke Iryna Kaliuzhna für ihre wunderbaren Bilder und Verena Schneider für die Möglichkeit, dass Elio Superheld in die Welt hinaus reisen darf.
Und ganz besonders danke ich meiner Familie. Für alles.

Claudia Joller, Januar 2024

Verlag und Autorin danken für die freundliche Unterstützung

SWISSLOS
KULTURFÖRDERUNG
NIDWALDEN

Foto: Cesare Macri

Claudia Joller wurde 1971 in Stans geboren. Sie absolvierte das Primarlehrer*innen-Seminar in Rickenbach, studierte Schulische Heilpädagogik an der Hochschule für Heilpädagogik in Zürich und arbeitete als Primarlehrerin und als Betreuerin für erwachsene Menschen mit einer Behinderung. Momentan unterrichtet sie an einer Heilpädagogischen Schule.

Berufsbegleitend studierte sie Kreatives Schreiben mit Schwerpunkt Kinder- und Jugendliteratur an der Fernschule Schule des Schreibens in Hamburg.

Ihren größten literarischen Erfolg feierte sie bisher mit dem Jugendbuchmanuskript *Corona-Winter*. Dafür erhielt sie einen Werkbeitrag der Zentralschweizer Kantone.

Die Autorin lebt mit ihrer Familie in Urnäsch, im Kanton Appenzell Ausserrhoden.

www.claudiajoller.ch